小学館文庫

海が見える家　逆風

はらだみずき

小学館

海が見える家　逆風

0

君の話は、彼女から聞きました。

田舎で起業したそうですね。社長だなんて驚きです。

先日、私は会社を辞めました。

今は正直、不安でいっぱいです。

これから食っていけるのか。

この国の政治には、もはや期待できません。将来、年金がもらえるのかどうか。人生百年時代と言われても、うれしくないのは私だけでしょうか。

機会があれば、成功した君の話を聞かせてください。


たき火にあたりながら、緒方文哉《おがたふみや》はスマホの画面を見つめた。

先月届いた、大学時代の知人からのメールだ。

学部がちがう彼とは、とくに仲がよかったわけではない。むしろ彼は、「彼女」と記した文哉の元カノ・川上《かわかみ》美晴《みはる》と親しかった気がする。文哉のアドレスは、美晴から聞いたにちがいない。

講義をサボりがちだった文哉と比べ、彼は成績優秀で、文哉が一年でやめた山岳サークルのリーダーを務めていた。いつも笑顔がさわやかで人望が厚く、何事にも意欲的、つき合っている女性は育ちがよさそうな美形で、理想のカップルという評判だった。

四年生の春、彼が外資系の一流企業から早々に内定をもらったと、美晴から聞かされた。同じ就活生ながら、就職活動に後れをとっていた文哉は、尻を叩《たた》かれた記憶がある。

今、こうしてあらためてメールを読み返してみると、先月読んだときとは、印象がまるでちがう。

初めて読んだとき、文哉の口元には笑みが浮かんだ。

なぜなら、自分は彼に勝った、と思えたからだ。

返信には、〝いつでも遊びに来てください〟と書いた。思ってもいない、社交辞令といえた。

今、読み返してわかった。

彼は文哉をうらやんでなどいない。

それどころか、田舎で起業したくらいでいい気になるな、と忠告している気さえした。文哉が成功したなんて本気で考えちゃいないだろう。自惚《うぬぼ》れもいいところだ。

わざわざメールを読み返したのは、引っかかるくだりがあったからだ。

それは、「食っていけるのか」という箇所だ。

先日、ネットで見かけたニュースにも似たような言いまわしがあった。

ひとり暮らしの老人を騙《だま》して家に押し入り、金を奪って逃げた犯人の画像の下に、捕まったその一見善良そうな自分と同年代の男の供述が記されていた。

犯行の動機は、「食うために、しかたなくやった」。

強い違和感を文哉は覚えた。

同時に「食う」とはどういうことなのか、考えるようになった――。

枯れ枝が小さく爆《は》ぜ、暗闇に火の粉が舞う。

拾い集めた薪《たきぎ》に湿ったものが混じっていたようだ。

風向きが変わり、煙がまとわりつき、目にしみる。

思わず顔を背け、見上げた夜空には、満天の星。

「へえー」と声を漏らす。

東にオリオン座がはっきり見えた。

「──なにやってんだろ、おれ」

つぶやいたとき、腹の虫がグーッと鳴った。

これから自分は、食っていくためになにをしよう。

ふと、考えた。

バッテリーがあとわずかとなったスマホをポケットにしまう。

あたりには灯《あか》りひとつ見当たらず、漆黒の闇に包まれている。足もとのごく限られた範囲だけを、熾火《おきび》がわずかに照らしている。

葉と葉がこすれ合う音。

幾重にも重なり合う虫の鳴き声。

ときおり、不意に訪れる静寂。

低く張ったタープ代わりのブルーシートの下に横たわると、しばらくしてなにかの気配を感じた。

どこからか、パキパキと乾いた小枝が折れる音がする。

暗闇の奥で、たしかになにかが動いている。生きている。

目を開けたまましばらくじっとしていると、やがてその音は聞こえなくなった。

再び、風と虫の音に世界が覆われる。

文哉は重たくなったまぶたを閉じた。

山に入り、初めて野宿した夜だった。

1

東京から約百十キロ、千葉県南房総で田舎暮らしをしていた文哉の父、緒方芳雄《よしお》が還暦を前にして突然亡くなった。離婚後、男手ひとつで二人の子供を育てた父だったが、文哉とは疎遠な関係だった。

大学卒業後、就職した会社をたった一ヶ月でやめた文哉は、父が遺《のこ》した海が見える家で暮らしはじめた。

そして約二年後、会社を興した。

「株式会社南房総リゾートサービス」の事業の核は、父から相続した海が見える家、その近隣に建つ別荘の管理業務だ。芳雄が管理人をしていたときより、契約者を増やすことができた。

さらには、空き家の管理を地元の不動産会社から委託されている。会社組織にしたことで、それまでは流れていた案件の契約が結べるようになった。

父の死を報《しら》せてくれた恩人、地元で便利屋を営む坂田和海《さかたかずみ》が、今もなにかと力になってくれている。

「それにしてもはええもんだな、文哉がここへ来てもう二年半か」

九月の頭、仕事帰りに家に寄った和海が言った。

「ですよね、会社をはじめてもう半年近くなります」

文哉自身、感慨深くもあった。

「まあ、仕事が順調でなによりだ」

日に焼けた和海は、肩幅の広い筋肉質の大男で、文哉に多くのことを教えてくれた。たとえば、海での食料のとり方、ペンキ塗りなどのＤＩＹ、サーフィン、そして、ここでの父の生き様。

和海の便利屋としての仕事から学ぶことも多かった。

今の世の中では、なにかが使えなくなれば、それを早々にあきらめ、すぐに新しいものに買い換える。修理を申し込めば割高になる。そういう仕組みを企業がつくり、人々はそれに慣らされてしまった感がある。それが政治家の言う「経済をまわす」ことだと思えてくる。

だが、和海はちがう。風呂のドアの修理を頼んだリフォーム業者から、十万円を超える交換工事の見積もりを受け取った老人の話に耳を傾け、壊れたドアをなんとか使えるようにその場で直してしまう。

「こんなもんでどうだ？」

和海がぶっきらぼうに尋ねる。

正直見てくれはよくない。それでもドアとしての機能を果たし、隙間風が吹いていた穴も塞がっている。

「おお、上等上等。おっ死《ち》ぬまでは使えそうだわ」

老人は目尻にしわを寄せる。

修理代は、出張費込みで六千円。なにかあったらまた連絡するよう、和海は告げ、次の現場へ向かう。独身で四十を過ぎているが、精悍《せいかん》なその横顔は、何物にも縛られず、自由を謳歌《おうか》しているように見える。

和海の協力もあり、請け負えないくらいに増えた別荘や空き家の管理業務の仕事は、大きな問題もなく、順調だ。そのため、この夏はとても忙しかった。その分、実入りも多かった。

会社を立ち上げる際に出資してくれた管理契約を結んでいる別荘のオーナー、アロハシャツの似合う寺島《てらしま》からは、「小さくまとまるな」「野心を持て」と発破をかけられている。同じく出資者であり、このあたりでいちばん広くロケーションのよい敷地の別荘を持つ永井《ながい》夫人からは、「そろそろ人でも雇ったら?」と言われもした。

だが、躊躇《ちゅうちょ》もある。

「――で、ほかの仕事はどうなんだ?」

縁側の前で、両手を後頭部に組み、スクワットをはじめた和海が尋ねた。

「それがまあ、いろいろとあって……」

文哉は笑みを浮かべながら言葉を濁した。

新たな試みとしてはじめた、自然栽培による野菜の宅配事業は、別荘の管理契約者をはじめとした一定の顧客はつかんだものの、その後伸び悩んでいた。農薬や化学肥料に頼らない有機野菜や無農薬野菜を販売する宅配サービスは、今やめずらしくない。

文哉が仕入れている野菜の多くは、古くから育てられている在来種、固定種野菜であり、特段目新しいわけではない。採用している自然栽培は、有機栽培とは異なるのだが、そのちがいを正確に伝えるのは、なかなかむずかしくもあった。

「幸吉《こうきち》さん、がんばってんだべ？」

和海は、文哉の野菜づくりの師匠の名を口にした。

「ええ、そもそも幸吉さんがいないと成り立ちませんから」

「とはいえ、あのおとっつぁんも年だかんな」

「そうなんですよね。最近は膝の調子もよくないみたいだし。だからおれも、いろいろと早く覚えないと」

文哉は自覚してもいた。

幸吉の野菜が売れないのは、幸吉のせいじゃない。

自分が至らないのだ。それがひどくもどかしかった。

「店のほうは？」

和海は膝の屈伸を止め《や》、ふーっと息を吐いた。

「まあ、ぼちぼちですね」

「その後、姉ちゃんから連絡は？」

「一度あったきりです」

文哉は首を横に揺らした。

家の一部を改装して姉の宏美《ひろみ》がはじめた雑貨屋は、本人の失踪後、しばらくは閉店状態となった。その後、「あんでんかんでん」という看板を出し、店名の里言葉どおり、今は〝なんでも屋〟として営んでいる。

六畳のスペースに設《しつら》えた棚には、和海の姪《めい》である凪子《なぎこ》による海辺の漂流物を素材にしたクラフトをはじめ、ビワ農家のひとり息子、山野井《やまのい》彰男《あきお》のビワの葉染め、ビワの葉茶、ビワジャム、そして幸吉が畑で丹精をこめた自然栽培の野菜が陳列されている。

ほかにも「これは」と文哉が感じた地元由来の品や骨董品《こっとうひん》の類いをちょこちょこ見つけてきては、棚の隙間を埋めている。

「まあここは、そもそも立地がな」

だれもが指摘しそうな店の欠点を和海が挙げた。

そもそも「あんでんかんでん」は、つまり文哉の家は、県道から海側に入った別荘が建ち並ぶ坂のいちばん上のどん詰まりにある。

海に面した小高い丘に向かう一本の坂道、そしてそこから横にのびている脇道沿いには、約二十棟の別荘が建っている。もともと管理別荘地として計画的に開発されたわけではなく、ぽつぽつと個人の別荘が増えはじめ、海辺の地元の集落とは異なる様相を呈してきたようだ。

お金をかけている立派な別荘もあれば、それほどでもない民家風もある。堅牢《けんろう》で瀟洒《しょうしゃ》な門構えの邸《やしき》があると思えば、チェーン一本を敷地の入口に張った家、文哉の家のように外構自体がない家さえある。

南欧風の家、和風建築の家、バンガロー風、片流れ屋根、入母屋屋根、出窓のある邸、ウッドデッキのある家……。

統一感に乏しく、軽井沢あたりの別荘地とは明らかに雰囲気はちがっている。

それでも城の石垣のような擁壁の上に建つ、永井邸の庭には、アロエの大きな株が自生し、シンボルツリーの椰子《やし》の木が高くそびえている。大房岬《たいぶさ》に向かって海を一望できる景色は圧巻だ。庭師として入る文哉にとって、その眺めはなによりのご褒美で、休憩の際には心ゆくまで楽しませてもらっている。春にはその庭でウグイスの鳴き声をよく耳にした。

そんな多様な別荘地にある「あんでんかんでん」には、夏こそ別荘利用者たちが立ち寄りもするが、シーズンオフは閑散としている。敷地から海が見えるものの、これといった売りになるものは乏しく、客用の駐車場すらない。

この春、文哉はこの土地で暮らすには時に不便となる5ナンバーの父が遺したオレンジ色のステーションワゴンを売り、中古の軽トラックに買い換えた。その軽トラが駐《と》まっている奥、わずかなスペースでやっていた畑は、ここを訪れる人の休憩用のテーブルや椅子が出しっぱなしになっている。

庭で畑をやるのはあきらめ、自家用の野菜は、幸吉の持つビワ山の奥の裾野に借りた土地で育てている。今はその場所を「畑」と呼べるが、何年も放置されていたため、使えるようにするには、かなりの時間と労力を費やした。また、そこに至る道は狭く、軽自動車がようやく一台通れる車幅しかない。

「まあそれでも、姉ちゃんの雑貨屋時代と比べたら、売上は伸びたんじゃねえのか？」

和海がようやく縁側に腰かけた。

「そうですね。店番をやってくれる凪子ちゃんのおかげです」

文哉は売り物として仕入れた房州団扇《ぼうしゅううちわ》を手にして扇《あお》いだ。

「いやいや、あいつももう十九歳だかんな。仕事もらえるだけでありがたいさ。それに店番といったって、客がいないときは、ここでおかしなもんこさえてんだべ」

「それが凪子ちゃんの本来の仕事じゃないですか。とくに流木アートは、この店のいちばん人気ですから」

文哉はお世辞ではなく断言した。

小柄で華奢《きゃしゃ》な凪子は、文哉の父、芳雄の若かりし頃の恋人だった和海の姉、坂田夕《ゆう》子《こ》のひとり娘だ。夕子は離婚後、この地にもどるが、凪子が九歳のとき、行方不明となる。海に浮かぶボートの上で凪子ひとりが発見された状況から、夕子は娘を残して入水自殺を図ったと結論づけられた。しかしいまだに遺体は揚がっておらず、その日以来、凪子は口をきかなくなったと聞いている。

そんな凪子は今も、ごく限られた者としか、コミュニケーションをとろうとしない。接客が得意とはいえず、凪子が講師を務める海辺の漂流物を素材としたクラフト体験の際も、口数が少ないことは変わらない。子供たちには笑顔を見せてはいるが、文哉がフォローしてやる場面も少なくない。

「そういやあ、あいつはどうなの?」

「彰男さんですか?」

和海がうなずく。

文哉は言おうかためらった。

山野井彰男は、三十二歳、独身。ビワ農家の長男であり、跡取り息子のはずだが、父親との折り合いがわるく、口もきかないらしい。一時は家に引きこもり、そうかと思えば東京へ行くと言い出し、周囲を困らせた。

田舎では、そういう話はふつうに伝わってくる。ときには尾ひれがついていることもめずらしくない。

考え方のちがいから、彰男はビワの栽培に手を貸さず、ビワの葉染めをはじめとした、ビワを使った商品を母と一緒に手がけている。

「なんかあったんか？」

「――いえ」

「どうした？」

文哉は唇を舐《な》めた。「じつは、おれも凪子ちゃんも店番に入れないとき、彰男さんにお願いしてたんです。店に客がいない時間は、凪子ちゃんと同じく、やりたいことをやってもらってます。それもあってか、おれや凪子ちゃんがいるときも、彰男さん、ちょくちょく顔を出してたんです。でも最近になって、どうも態度がよそよそしいんですよ。ビワの葉染めの納品も遅れるようになったし」

「ふーん、さては」

和海がなにか感づいたように鼻を鳴らした。「また、わるい虫が騒ぎだしたな」

「え？」

「そういえば、あの野郎、妙なもの持ってやがったもんな」

「なんですか、それ？」

「名刺さ。もらってねえか？」

「ええ」

「ますますおかしいな。おれは凪子に見せてもらった」

「へえー」

文哉は思い出した。彰男に最初に会ったのは、ここへもよく顔を出す元町内会長である中瀬《なかせ》から、一度会うように頼まれたからだ。親戚の農家の長男が、東京へ行くと言い出したのを、なんとか止めてほしいと。

駅前の喫茶店で会った際、文哉が自作の名刺を差し出すと、彰男はろくに見もせずポケットにしまった。まるで名刺を持つ者を軽蔑でもするかのような態度だった。

「名刺なんてないんで」

痩せた猫背の彰男は、メガネの奥の細い目を合わせなかった。

あの頃と比べたら、彰男はずいぶん変わった。人と交わるようになった。世界を広げたとも言える。どこか卑屈に見えた暗い顔が、少し明るくなった気もする。そういえば、緊張するとからだをゆする癖も最近はしない。

解せないのは、つくった名刺を文哉には見せないことだ。

「どんな名刺でした？」

「それがよ、笑わせてくれんのさ。たいそうな肩書きつけやがって、まるでどこぞのアーティスト気取りさ」

「それってどういう？」

「まず屋号ってのか、『山野井工房』だったかな。『草木染め作家』、とかなんとか肩書きに入れてやがったよ」

「わるくないです」

文哉はうなずいた。

「で、凪子にもよ、名刺をつくったほうがいいとか、ぬかしやがったらしい」

「凪子ちゃんにも？」

「だからこないだあの野郎と顔合わせたとき、言ってやった。『なにが草木染め作家だ、おめえはビワ農家の長男だろ』って」

和海は短髪の後頭部をこすりながら笑っている。

もしかしたらその手の言葉は、彰男が最もいやがるフレーズかもしれない。

「それはそうと、〝オカボ〟はどうだ？」

和海が話題を変えた。「そろそろ刈り入れ時じゃねえのか？」

2

〝オカボ〟とは、今年の春、はじめてタネをまいた陸稲《りくとう》、田んぼで育てる水稲《すいとう》ではなく、畑で栽培できるコメのことだ。

自給自足の生活を文哉が目指していることを知った幸吉が、「やってみっか？」と口にしたのがコメづくりだった。

しかも、自然栽培で。

文哉は、コメは田んぼでしかつくれないと思いこんでいた。だから到底自分にはできないとあきらめていた。幸吉はビワ農家だったわけで、田んぼを所有する稲作農家ではなかったこともある。

ところが幸吉は、水田ではなく、畑というか、今は休ませているビワ山の斜面でできないことはない、と言うではないか。

文哉にとって驚きの提案だった。

それこそコメがつくれれば、文哉の食料自給率は飛躍的に高くなる。つまりは、食うために金を使わなくてすむ。支出を抑えられる。

日本人ひとりあたりのコメの年間消費量は、年々減ってきている。昔は百キロ以上あったこともあるらしいが、最近ではその半分以下にまで落ちこんでいる。文哉にしても毎食口にするわけではない。

とはいえ、未《いま》だに日本人の主食にはちがいない。

文哉にしてみれば、コメを手に入れるには金を稼ぎ、買わねばならず、いわば贅沢《ぜいたく》品でもある。

だが、自分でつくれるとなれば話がちがう。

――食べたい。

腹いっぱいコメを。

「一俵もとれりゃあ、いいんでないか？」

幸吉に言われ、「それって何キロになるんですか？」と尋ねた。

「一俵で、六十キロはあんべ。ただし玄米だ」

つまり白いコメにするには、精米が必要ということらしい。

「玄米のまんまなら四百合。精米すりゃあ、仕方にもよるだろうが、一割ほど減るわな」

「それでも三百六十合ですよね。一日に約一合食べられるってことか」

文哉の頬が自然とゆるむ。

「んだべ」

――茶碗《ちゃわん》で大盛り二杯分。

その後、文哉は詳しく調べてみた。すると一俵で、白米約茶碗千杯分になることがわかった。

――千杯のごはん。

それは夢のような収穫だ。

「でも、それだけつくるには、当然かなりの広さの田んぼ、じゃなくて畑が必要になりますよね？」

「んなことあるかい。一畝《せ》くれえでなんとかなっだろ」

一畝とは、約1a《アール》。百平米。およそ三十坪の広さになるらしい。

もちろん自分の庭では無理だ。

が、幸吉のビワ山の斜面なら、まったく問題なさそうだ。

幸吉に言われたとおり、文哉は一畝分、山の斜面の草刈りをし、耕しもせず、この春、和海に手伝ってもらい、実験的に陸稲の籾《もみ》をまいた。

苗を育てず、直《じか》まきとしたが、陸稲はすくすくと生長した。

同時に、まわりの草もすくすくと生長してしまう。

その手入れを文哉がしていた。

幸吉に言われたとおり、雑草は抜かずに、三角ホーと呼ばれる農耕用のレーキで、地面の土と一緒に根元から掻《か》き取るようにする。千切れた雑草の茎や葉は、やがて土に還《かえ》り、陸稲の栄養になる。

「そいでな、陸稲をやるとな、コメだけでなく、稲ワラも手に入れることができんだ。稲ワラはえらく重宝する。たとえば敷きワラとして使える。堆肥作りにもまわせるしな」

──なるほど。

文哉は、幸吉の言葉にうなずいた。

敷きワラは、野菜を育てる際、実の保護に役立つ。たとえば、カボチャやスイカ、地這《じば》いのキュウリなど。泥はねを防止し、病気予防にもなる。地温の上昇を抑え、土の乾燥、湿りすぎからも守ってくれる。それに雑草の発芽を抑える効果も期待できる万能資材だ。

園芸店などでは、家庭菜園用として、驚くくらい高値で売られている。それも手に入る。

となれば、文哉はますます陸稲をやりたくなった、というわけだ。

「それはそうと、〝オカボ〟はどうだ？」

3

和海に問われた翌日、文哉は軽トラに乗って坂を下り、県道を越え、曲がりくねった細い道路を慎重にたどり、幸吉のビワ山を目指した。

途中、道がふたつに分かれる。左に曲がれば、以前手伝いをした彰男の父が営む、山野井農園のビワ山に至る。右へ進めば、幸吉のビワ山、中腹に家があり、さらに奥へ向かった裾野には文哉の畑がある。

七十を過ぎた幸吉は妻を亡くし、今は山を下り、古い木造家屋が軒を並べる、海に近い里で暮らしている。自然栽培で野菜を育てているのは、その借家近くにある畑だ。息子と娘はすでにこの地を離れている。

ビワ山の中腹にあるかつて幸吉が家族と住んでいた農家は、今は空き家になっている。文哉は何度もビワ山に入ったが、その古びた大きな家にはお邪魔したことがない。周囲には夏草が生い茂り、母屋の奥にある土蔵などは、屋根しか見えないありさまだ。

その家の近くに軽トラを駐めた文哉は、母屋の裏から続くビワ畑、南に面したゆるやかな斜面を上がっていく。ビワにまじって生えているのはソテツで、なんのためにそこにあるのかよくわからない。

骨格だけとなった、使われていないビニールハウスが見えてくる。すでにパイプが錆《さ》びてしまっている。

その手前にある石垣に立ち西を向くと、海岸線沿いに続く集落の向こうに海が見える。

さらに少し進み、きつい勾配を越えると拓《ひら》けた土地に出る。

そこが、文哉が拓いた陸稲の畑だ。

切り取ったように、斜面の一部だけ景色がちがっている。

夏の名残りのくずれかけた積乱雲を浮かべた空の下、緑の稲穂が垂れ、風に揺らいでいる。斜面であること、水が張っていないことをのぞけば、水稲の風景となんら変わらない気がした。

農作業用のゴム足袋を進め、稲穂の具合を観察した。

一時期は雨が少なく心配した。

――でも、いい感じだ。

できれば幸吉をここへ連れてきて、直接様子を見てもらいたかった。

だが、膝のわるい幸吉に、斜面を上り下りさせるのは気の毒に思え、躊躇した。

スマホで畑の様子を何枚か撮影し、稲穂を少しだけ刈り、持ち帰ることにした。

再び軽トラックのハンドルを握った文哉は、今度はビワ山の裾野にある自分の畑へ向かった。九月に入り、里に近い畑の露地栽培では、夏野菜の収穫が終盤を迎えている。

到着した文哉の畑でもキュウリは整理した。このところトマトは収量が減り、小さい実のものが増えている。

すでに文哉は秋冬の畑の計画を立てていた。その準備と共に、夏野菜をいつ終わりにし、秋冬の野菜のタネを畑にまくのか、その切り替えのタイミングを見極めねばならない。

気の早い里の畑では夏野菜をすべて抜き、九月中に種まきを終える畑もあると聞いている。とはいえ、ここは温暖な南房総だ。ピーマンやシシトウ、ナスなどは、まだまだ収穫できそうで判断がむずかしい。

近くに畑があれば、様子をうかがうこともできるし、農家の人に直接話を聞くチャンスもあろうが、このあたりには文哉の畑しかない。だれのものかもわからない、かつては畑だったであろう、雑草や雑木の生い茂った土地が広がっている。

「人が入らなくなった土地は、あっというまに荒れ地に還る」

幸吉はそう嘆いていた。

そういえば彰男に、トマトを本気でやるなら設備を整えるべきだ、と言われた。設備とは、ハウスのことだ。

トマトは、南アメリカのアンデス山脈の高原地帯が原産であり、しかも本来は多年生植物なのだと知った。乾燥を好み、雨を苦手とする。ならば似た環境に近づけるべきだろう。ハウスを用いれば、雨を防ぐことができ、早い収穫が可能になり、長期間トマトをとり続けることができそうだ。

さらに彰男は、糖度の高い新しい品種を取り入れるべき、とも意見してきた。

農家の長男の言葉は、それなりに重く受けとめたつもりだった。

幸吉を手本とした自然栽培に彰男も取り組んでいるが、この先のことはわからない。広く販路が持て、高く売れるのであれば続けるだろうが、同じ値段にしかならないのであれば、なにも収量が減る栽培方法をわざわざ選んだりしないだろう。

文哉が仕入れられる野菜の量は限られている。気難しく頑固な幸吉に教えを請うことに、彰男は耐えられるだろうか。そのことが気がかりでもあった。

ハウス導入の話は、幸吉には相談しなかった。

一笑に付されるのは目に見えていたからだ。ネットで調べたところ、百五十平米のハウス一棟あたり、約五十万円。施工を依頼すれば、さらにお金がかかる。

後日、彰男には、採種が容易な在来種、固定種による自然栽培の継続と、ハウスの件はあきらめたことを伝えた。

「じゃあ、なんのために会社にしたんだよ。利益の追求のためだろ」

自分より八歳年上の彰男は、いつになく強い口調で言い返してきた。

文哉が起業したのは、会社組織にすることを生前父が望んでいたような気がしたからだ。また、自分が勤め一ヶ月で辞めた会社があまりにもブラックであり、言ってみれば、社員が幸せを感じられる、そんな理想の会社を創りたかったからだ。

彰男の目には、焦りの色を感じた。

そのことと、名刺の件や最近の態度が、どこかでつながっているような気がしてならない。

このところ別荘や空き家の管理業務が忙しく、彰男とゆっくり話をする機会が持てなかった。避けられているような気もする。

そんなことを思い出しながら、トマトの脇芽をせっせと摘んだ。

4

畑に着いて小一時間過ぎた頃、だれかがこちらに向かって歩いてくるのが見えた。

このあたりは古くからの里道が残っているものの、狭い道は舗装されておらず、ふだん人がやって来るところではない。

目を凝らすと、見知らぬ老人だった。

といっても、めずらしいことではない。ここ、房総半島の南、安房《あわ》地域では、人口の約四割以上が六十五歳以上であり、多くの地方と同じく、少子高齢化、過疎化が進んでいる。

「――こんちは」

幸吉の知り合いかと思い、文哉は畑仕事の手を休めた。

五メートルほど手前で立ち止まった老人はなにも言わず、畑に視線を送っている。

聞こえなかったのかと思い、帽子を脱いで挨拶し直した。

「畝《うね》も立ててねえってか」

老人は目を合わさずにつぶやいた。

その言葉は以前、文哉が幸吉に投げかけた疑問と同じだった。

「ええ、自然栽培なんで」

すると老人が、「へっ」と口をひしゃげた。

「――なにか？」

問いかけると、「今日はパトロールにお邪魔した」と老人は答えた。

しかしどう見ても警察関係の人には見えない。

話を聞けば、パトロールとは、農地の見まわりのことらしい。

「ここいらは、安原《やすはら》幸吉さんのもんだべ?」

そう言った老人は、幸吉よりは若そうだ。長靴に長袖長ズボンの作業服、朱色の刺《し》繍《しゅう》の入ったツバのある帽子、しわを刻んだ顔は日に焼け、見るからに農業従事者の風貌だ。

「ええ、そうですが」

「ここで、なにしとる?」

「え? 畑ですけど」

文哉は三角ホーを構えてみせた。

「だれに断って、鍬《くわ》入れてんだって聞いてんだ?」

老人の声がとがった。

「それは――」

言葉に詰まりながら、正直にこれまでの経緯を話した。

「借りてるってか? あんた、まさか幸吉さんに金さ払ってんのか?」

「いえ、そういうわけでは」

事実、幸吉は、文哉の支払いの申し出を断っていた。

「そんじゃ、タダ借りってわけか」

老人は帽子のツバを上げ、もう一度畑を見まわした。

「この畑では、自分で食べる野菜をつくってます」

「家庭菜園ってことか？」

「まあ、それにちかいです。人に買ってもらえるようなものは、まだなかなか……」

「んでもな、それもまずいんだわ」

老人の声が少しだけ穏やかになった。

「けど、ここって、長いあいだ畑として使われてなかったんですよ。クワやウルシなんかの木まで何本も生えちゃって草ボーボーだったわけです。ほら、あっちみたいに」

文哉は夏草の生い茂った場所を指さした。

「それは知っとる」

老人の声が沈んだ。

「で、そこから手を入れて、なんとかここまでにして、有効活用してるだけなんですけど？」

「休耕地だったって、ことだべ」

「そうです。それをぼくが自分で……」

「ともかく、まずいんだわ」

老人は言葉を遮り、ツバのある帽子を右手で動かし、額を掻くようにした。「知ったからにゃあ、おれとしても放ってはおけん。農地ってもんはな、農家のもんしか使えんのさ」

きっぱり言われてしまった。

老人はやはり農家であり、農業委員という立場でもあるらしかった。

すぐに立ち入りをやめ、せっかく建てた物置小屋も撤去するよう言い渡された。

——マジかよ。

今はここへはだれもやって来ない。

閉ざされた土地と言ってもいい。

この畑だってしばらくすれば、すぐにもとの草ボーボーの土地にもどるだろう。

——それでいいのだろうか？

老人の曲がった背中が里道の向こうに消えていく。

文哉はぼう然と見送ってから、「くそっ」とつぶやき、手にした三角ホーを乾いた地面に打ちこんだ。

5

——ようやくこれから、というときに。

家に着くなり、居間の畳に大の字になった。

農家の苦労は、それこそ幸吉の質素な身なりや、汚れの落ちない黒く変色した爪を見ればわかる。彰男からも聞かされていた。わかっているつもりだった。

でも、自然を相手にする仕事に憧れもあり、以前、寺島や和海から聞いた田舎での働き方として、兼業で農業ができないか考えていた。

だから文哉としては、自然栽培の野菜づくりについて、今は幸吉に頼りきりだが、将来は自分でも負けないような作物を手がけたいと思っていたわけで、しかし土地がなければその実践経験を積むことがそもそもできない。

——できるわけがない。

別荘地の丘の上にある海が見える家の限られた土地では、それこそ、春に目論《もくろ》んでいた養鶏や養蜂に取り組むことはむずかしい。野菜の販売にあたって、野菜ソムリエの資格取得を目指そうと思っていた自分を笑いたくもなる。

春にまいたタネから、この夏、たくさんの夏野菜を収穫できた。

中玉トマト、ミニトマト、ナス、キュウリ、ピーマン、シシトウ、ゴーヤ。

まだまだ、だとは思っている。

でも、自分ではまんざらでもないとも思えた。

幸吉の言うとおり、野菜は育てるというより、自分で育ってくれる、と実感した。

手を入れすぎてもダメだし、手を入れなすぎてもうまくいかない。今回だけうまくいけばよいわけではない。またこの秋からも、そして来年の夏も、続けていくつもりだったから――。

できのよかった野菜の味見を幸吉に頼むと、「いいんじゃねえか」と言ってもらったこともある。

いつもお裾分けをもらってばかりの和海や寺島や中瀬には、お礼として自分がつくった野菜を配った。

「ほー、こいつはたいしたもんだ」

「文哉君がつくったなら、喜んで食べますよ」

「え、こんなに？　いやいや、ありがたくちょうだいするよ」

どこにでも売っている野菜だが、彼らは喜んでくれた。

いや、喜んでみせてくれた。

凪子の家に持って行くと、凪子からお礼に青色のメダカをまたもらった。

返せるものがある喜び。

その喜びを与えてくれた自分の畑が奪われてしまう。

いや、自分の畑ですらない。資格すらないと、宣告されてしまった。

——どうせ、おれはよそ者なんだ。

ひねくれた思いが喉元までこみあげる。

怒りの火照《ほて》りが引くと、からだから力が抜けた。

浮かんだ涙が乾き、大きなため息が漏れる。

「どうかしたんですか？」

店のほうから、凪子の細い声がした。

「いや、べつに……」

文哉は無理に明るい声色を使った。

着替えをすませ、ノートパソコンを立ち上げ、芳雄が生前設定したパスワード「１《ひ》６《ろ》３《み》２《ふ》３《み》８《や》」を打ちこんだ。

ネットで調べたところ、すぐに農地法という法律を見つけた。

海に漁業法があるように、田や畑にも法律があるだろうことはわかっていたが、これまで目を通したことはなかった。

なぜなら、自分には関係のない世界だと思っていたからだ。

――少なくとも、ここへ来る前までは。

農地法

第一条　この法律は、国内の農業生産の基盤である農地が現在及び将来における国民のための限られた資源であり、かつ、地域における貴重な資源であることにかんがみ、耕作者自らによる農地の所有が果たしてきている重要な役割も踏まえつつ、農地を農地以外のものにすることを規制するとともに、農地を効率的に利用する耕作者による地域との調和に配慮した農地についての権利の取得を促進し、及び農地の利用関係を調整し、並びに農地の農業上の利用を確保するための措置を講ずることにより、耕作者の地位の安定と国内の農業生産の増大を図り、もって国民に対する食料の安定供給の確保に資することを目的とする。

長い一文だった。

総則である第一条には、「農地」という言葉が八回も出てきた。

農地が特別な土地とされていることは、なんとなくわかった。農地を守るための法律だということも。

そもそも法律で言う「農地」とはなんなのか？

まずそこから調べはじめた。

「農地」とは、農地法の定義によれば、「耕作の目的に供される土地」のことらしい。

では、「耕作」とはなにか――。

などと調べているうちに腹が減ってきた。

6

十二時過ぎ、凪子が台所に立ち、まかない飯をつくってくれた。

まるい卓袱台《ちゃぶだい》に並んだのは、ナスの味噌汁《みそしる》、カタクチイワシの胡麻漬《ごまづ》け、シシトウの煮浸し、トマトスライス。野菜は店の余りものだ。

「――いただきます」

二人で向かい合うかっこうで、手を合わせる。

白米をほおばると、さっき見てきた陸稲の稲穂が脳裏で風になびき、悔しくて、また涙を浮かべそうになった。

山裾の畑がダメということは、当然、山の斜面の陸稲畑も同じだろう。

そんな気も知らずに、凪子は黙って箸を動かしている。いつものことなので、無理に会話を弾ませようとはしなかった。

午前にあった出来事を話そうか迷ったが、涙なしで話す自信がない。不安を持たせてもと思い、あたりさわりのない話題を口にした。

「お客さんは？」

「来ない」

「イワシ、うまいね」

向かいに座った凪子は、目を伏せ、小さくうなずいた。

凪子は、うっすらと化粧をしていた。

そのことに初めて気づいた。

以前は斜めにハサミを入れていた前髪に、少しカールがかかっている。初めて凪子を見たときは、白のスウェットの上下で、フードをすっぽりかぶっていた。その出《い》で立《た》ちは、不審者を想起させた。

今はTシャツにキュロットとはいえ、ずいぶん女らしく見える。

文哉の視線に気づいたのか、凪子がちろりと一重の細い目で見返してきた。

「そういえばさ、彰男さん、名刺つくったんだってね」

文哉は少しあわてた。

凪子がコクリとうなずく。

「おれ、もらってないんだ」

我ながら情けない薄笑いを浮かべた。

「そのことなんですけど……」

「え、なに？」

「たぶん、むこうで使うつもりです」

「むこうって？」

「――東京」

「え、いつ？」

問いかけると、凪子は首を弱く横に振る。

「なにか彰男さんから聞いてるの？」

少し間を置いてから、凪子は答えた。

「お盆前に来たお客さんから、連絡があったみたいなんで」

「なんの用で？」

「それは……」

凪子は首をかしげた。

文哉は煮浸しをまるごと口に入れた。

「――うっ」

奥歯で嚙《か》むと、シシトウの辛みが舌を刺した。

「はずれ」

凪子がつぶやいた。

「うおっ、辛っ」

文哉はあわてて麦茶で口のなかをゆすぐようにした。

凪子は平然と箸を動かしている。

顔をしかめた文哉は、舌を出して息を整えた。

「――で、そのお客さん、なにか買ってくれたの？」

凪子は箸の動きを止めた。

「たしか、彰男さんのビワの葉染めの〝どかん〟二枚、私のビーチグラスのペンダントと貝殻の写真立て」

「ああ、まとめ買いしてくれた人？」

凪子がうなずいた。

文哉は口直しに、トマトスライスを口にした。品種改良の進んだトマトには甘さではかなわないものの、口のなかがさわやかになる。甘みをさがすように、舌を這わせた。

「そのお客さんに聞かれて、彰男さん、〝どかん〟の説明をしてました。自分が考え出した作品だって」

「――ふうん」

文哉はこみ上げてくる笑いをこらえた。

そもそも〝どかん〟というのは、筒形に縫い合わせた布のことで、昔、このあたりの海辺の町で使われていた防寒や日除《ひよ》けの一種だ、と幸吉から聞いたのが発端だからだ。その話を文哉が彰男に伝え、試作してもらったものが、ビワの葉染めの〝どかん〟として売れはじめた、という経緯があった。

「そのとき、彰男さん、持ってなかったんです」

「なにを？」

「名刺です。だから彰男さん、そのお客さんから名刺を受け取ったけど、自分は紙の切れ端に連絡先を書いて、すごく恥ずかしそうにしてました」

「――そういうことか」

小心者の彰男らしい。

そういったときのために名刺をつくったわけだ。文哉に名刺を渡さなかったのは、なにか魂胆があるのかもしれない。

「ずるいですよね、彰男さん」

「なんで？」

「店の〝どかん〟、今品切れ中です。たぶん、つくってあるのに、持ってこないんですよ」

「え、どうして？」

凪子は黙り、煮浸しのシシトウをまるごとパクッといった。

「あ」と思ってしばらく待ったが、どうやら〝はずれ〟ではなかったようだ。

「ごちそうさまでした」

唐突に会話を切り上げた凪子は、白い膝頭を見せて立ち上がると、自分の使った食器をかたづけはじめた。

7

夕方、凪子と入れ替わるように、だれかが家に来た。

畑帰りの幸吉だった。

竹で編まれた笊《ざる》に並んでいるのは、収穫してきた野菜だ。

「――すまんかったなあ」

開口一番、幸吉が言った。

どうやら幸吉のところへも、農業委員が来たようだ。

さっきネットで知ったのだが、農業委員とは、〝農地の番人〟と呼ばれてもいるらしい。地域の農地利用の確認のため、「農地パトロール」を実施している。

「まったく、どこのどいつが」

ぶつぶつつぶやきながら、くたびれた帽子と軍手を外し、庭の立水栓で手を洗っている。足もとは使いこまれた地下足袋だ。

「畑っていうのは、農家の人しか借りることも買うこともできないんですね」

文哉はこの日知り得た自分なりの結論を口にした。

農地を耕作の目的で売買する場合や賃貸する場合には、農業委員会の許可を受ける必要があるらしい。

「まあ、簡単に言えばそういうこっちゃ」

縁側に腰かけた幸吉は、しわを刻んだ日に焼けた顔を手ぬぐいで拭いている。

「農家になるって、簡単じゃないんですね」

文哉は水を注いだ大きめのコップを差し出した。

「ようわからん。おれは生まれたときから農家だし、農家になるしかなかったからな」

幸吉の声は穏やかだった。

「調べたら、農家とは、家として農業を営んでいる世帯のことだとありました。個人の職業を指すだけではないみたいですね」

「先祖代々の土地があるから、農家なんだべ」

「でもそうなると、土地がない者は農業をはじめられないわけで、後継者不足を嘆いているという農業は、今後どうなるんでしょうかね。高齢化も進んでいるみたいですし」

「こむずかしい話はわからん」

幸吉はうまそうにコップの水を飲み干した。

文哉は少し離れた板の間に膝を抱えた。

どこかの木でヒグラシが鳴いている。

「まあ、あんたの言うとおりさ。ここいらの農家は年寄りばっかりだ。どこの農家もくたびれてる。跡継ぎがいないのは、ほかにもっとおいしい仕事があるからよ。うちもそうだが、せがれがいても、東京に出る者や、地元の役所に勤めるもんが多い。そりゃあ、土や汗にまみれて働くよか、安定したいい収入がもらえるとなりゃあ、そういう流れにもなるだろうよ」

それは同じ第一次産業である漁業にも言えそうだ。

「だから、休耕地や耕作放棄地が増えてるわけですよね」

「んだな。今じゃ、かっこだけつけるために、人を雇って草だけ刈ってもらっとる農家もいるくれえだ。笑い話さ」

「だったら、もっとうまく有効活用すればいいじゃないですか？」

幸吉はその問いかけには答えなかった。

文哉は相手をまちがえていると自覚していた。

でも、だれに向かって訴えればいいのかわからない。

しばらくの沈黙のあと、幸吉が口を開いた。

「あんたは、畑を本気でやってみたいと言った。だからおれは畑を、というか、畑だった土地を貸したわけだ。それは今でもまちがっちゃいねえと思っとる」

文哉はその言葉を聞き、抱えた膝にうなだれた。

ヒグラシが鳴き続けている。今日にも命が絶えるからかもしれない。

「文哉は、ようがんばった」

幸吉が初めて名前で呼んだ。

雑草や雑木と格闘した日々がよみがえり、鼻の奥がつんとした。自分でもがんばったと思った。

「――あきらめっか？」

幸吉に問われた。

「正直、自分は専業の農家になろうとは思ってません」

「今の時代、専業でなんか食っていけけんさ」

幸吉がふっと笑った。

「でも、だったら……」

そこまで言いかけ、文哉は口をつぐんだ。

――なぜ、やらせてくれないのか。

やりたいことが自由にできないのか。

納得できなかった。

「兼業にしろ、あんたは今も、畑を本気でやってみたいと思っとるか？」

すぐには答えられなかった。

「覚悟はあるか？」

「そう言われても……」

以前、海に潜って陸に上がった際、待ち受けていた漁師と口論したときのような、なんともいえない疎外感を今日、畑でも感じた。

――おまえは、よそ者だ。

そう言われているような。

それに、今は別荘や空き家の管理業務が忙しい。多くの収入はそちらで得ている。

そういう事情もある。

「自分には、土地が、畑が、ありませんから」

文哉は首を横に振ってみせた。

「――わかった」

幸吉が静かに膝を打った。

顔を上げることができなかった。

「あの土地は、すまんが返してもらう」

幸吉が縁側から下りた。

文哉はうなだれたまま、なにも言えなかった。

それはそれでしかたないことだと受け入れるしかなかった。

「――ただな」

幸吉の声がした。「文哉がよければ、おれの畑を手伝ってくれ」

「え？」

「え、じゃねえよ。おまえが陸稲をやってるおれの畑と、おまえが今日も足を運んだおれの畑を、おまえに任せる」

「でも、それって……」

文哉は顔を上げた。

「ん？」

「いいんですか？」

「いいもなにも、おれの畑だ。だれにも文句は言わせん」

幸吉はドスの利いた低い声を出し、文哉と目を合わせた。その目は、老人とは思えないほどの光を放っていた。

「ありがとうございます」

「その先は、これから考えるべ」

文哉より未来の時間が限られているはずの幸吉の言葉は、とても前向きだった。

「それにしても、つまらん告げ口をしやがって」

幸吉はチッと舌を鳴らした。

「告げ口というのは……」

文哉が言いかけた。

「そういやぁ、オカボはどうだ？」

幸吉が唐突に話題を変えた。

「あ、はい、今日、見てきました」

文哉は山の斜面で刈り取ってきた陸稲の稲穂を持ってきた。

「どうですか？」

「おれも初めてのことでようわからんが、まだ青いよな」

幸吉は目を細めた。

「たしかに」

「あと一週間待っぺ」

幸吉はうなずくと、がに股の足を踏み出し、そのまま坂を下っていった。

夕食後、陸稲の畑の画像を添付したメールに、幸吉から言われた一週間後の刈り入れの予定を書き添え、和海に送信した。

それが五日前のことだ——。

8

——そして、今日。

待ち遠しかった陸稲の刈り入れを明日に控えた日曜日、山野井彰男が東京へ向かったと聞いた。

「なに考えてんだ、あいつは。よりによって、こんなときによ」

近所に住む元町内会長の中瀬が苛立《いらだ》たしげに声を上げた。

文哉は言葉が出ない。

正直、今はそれどころではなかった。

居間のテレビがニュースを伝えていた。

三日前、房総半島のはるか南、南鳥島近海において、今年に入って十五番目の台風が生まれた。

台風は、その後発達しながら、小笠原《おがさわら》近海を北西に進んできた。ラジオやテレビの気象ニュースで今後の勢力や進路を見聞きしていたが、情報は錯綜《さくそう》している印象だった。

被害を受ける地域や度合いは、台風が通過する進路によって、当然ながら大きく変わってくる。二日前、文哉が見たニュースの台風進路予測では、房総半島に上陸するコースは示されていなかった。関東では大雨の危険性がある、といった内容にとどまっていた。

このところの異常気象、地球温暖化の影響は気になっていた。とはいえ台風は毎年のことで、去年もここ南房総で経験している。

強い勢力のまま台風が直撃することはめったにない、と地元の人から聞いた。富津《ふっつ》に東京湾観音ができたことを理由に挙げる年寄りすらいた。

たしかに去年も大きな被害は免れていたのだ。

しかし――。

これはまずいかもしれない。

危機感を強く募らせたのは前日のことだ。

そのため、台風の対策に本格的に取りかかったのは、明日未明に台風が関東に上陸する、というニュースを見た当日、中瀬が庭先に現れ、苛立たしげに彰男が東京へ向かったと声を上げた、そのあとになってしまった。

南房総リゾートサービスが管理する別荘のオーナーたちは、すでに夏の利用を終え、滞在者は残っていなかった。

昼過ぎに、三日前にここを発《た》った寺島から電話があり、「閉め忘れたリビングのシャッターを降ろしておいて」と頼まれた。

「ボートのほうは？」

「館山《たてやま》のマリンに陸揚げしてきたから、問題ない。念のため、庭に出してある飛ばされそうなものは、ガレージに移動してもらえれば」

「わかりました。ご安心ください」

文哉は通話を切るなり、和海に連絡をとり、応援を頼んだ。ベテランサーファーの勘だろうか、和海は今回の台風を早くから気にしていた。

作業着に着替え、表に出ると空は晴れている。気温は三十度を超えていた。残暑というより、夏の陽気だ。

それでも大気のなかに、ふだんとはどこかちがう不穏な気配を感じた。鼻先をかすめたミツバチの羽音が「うわーん」と大きく響き、山のほうへ低く飛んでいく。空を見上げると、いつもは逢瀬崎《おうせざき》の上空を悠然と舞っているトンビの姿がない。

文哉は電話をもらった寺島邸へ向かった。ゆるいS字カーブを描いた洋瓦を載せた南欧風の邸では、言われたとおり、合鍵を使ってリビングに入り、シャッターを降ろした。先週三分の一の高さに文哉が刈りこんだ芝生の庭を見まわり、出ているあらかたのものをガレージにかたづけた。ついでに、玄関前で真っ赤な花を咲かせたハイビスカスの鉢植えも屋内に移動した。

鋳物の白いガーデンテーブルは芝生の上にひっくり返し、そろいの椅子は、すべて背もたれを下にして倒し、裏返しにしたテーブルの上で脚を組ませた。

その後、到着した和海と手分けをして、管理を請け負っている各別荘をまわった。利用後、庭をきちんとして帰る邸もあれば、そうでない邸もある。多くの別荘は、台風の対策をしているとは言いがたかった。

この夏、民泊客の利用があった植草《うえくさ》邸もそのひとつだ。ウッドデッキに忘れ物らしい海遊びの道具が置きっぱなしになっていた。

管理を委託されていない別荘も、その傾向が強い。庭に子供の乗り物や砂遊びのおもちゃが置きっぱなしになっている。二階のベランダの物干し台に、物干し竿《ざお》が掛かったままの家すらあった。

管理契約を結んでいる邸では、まず屋内に入り、戸締まりを確認した。その際、雨戸のない窓のカーテンをすべて閉じていく。万が一ガラスが割れた場合の飛散防止になる。

外に出たら、家の周囲を見まわりながら、窓の近くに置かれた植木鉢やジョウロ、ホース・リール、洗濯ばさみの類いを屋内、もしくは物置へ移した。転倒の可能性がある自転車や物干し台はあらかじめ倒し、あるいはビニール紐《ひも》で固定する。

最近の家、とくに別荘の場合、南向きの窓や海に向いた窓は広くとってある。その開口部分に、寺島邸のようにシャッターが取りつけてあればよいのだが、多くの邸は雨戸すらない。ベニヤで目張りでもしておけばよさそうだが、許可なくやるわけにはいかない。これから確認をとって実行する、時間も材料もない。

――できることは限られていた。

地域の防災無線が流れた。

いつもは間延びした声がうっとうしく思えるのに、聞き取れなかった。

風が強くなり、雨が降ってきた。

最後に、庭を任されている永井邸への坂道を急いだ。

文哉の家より山側にある永井邸は、少し離れているが、ほぼ同じ高さ、つまり丘の頂に建っている。後まわしにしたのは、敷地が広いものの毎日のように訪れていたからだ。それに、時間をかけたかった。

永井邸には、家の周りを囲むように、屋根で覆われている板張りのくつろぎのスペースがある。降り出した雨のなか、そこに置かれた大小さまざまなテラコッタ鉢をかたづけた。永井さんは「縁側」と呼んでいるが、ハワイ通の寺島は、あれは「ラナイ」だと教えてくれた。たしかに文哉の家の縁側とは、つくりも広さもちがっている。緑のツルを垂らした、ワイヤーで吊《つる》されているハンギング・プランターもすべて取り外した。

青々とした芝生の切れ目の先にある煉瓦《れんが》造りの花壇では、幅広のトレリスに絡ませたマンデビラがたくさんのピンク色の花を咲かせ、まるで南国のようだ。バラを中心とした植栽のなかに配置されている永井さんお気に入りの年代物のオーナメント、天使やビーナスには、ツルが絡まり、植物で覆われているため、手をつけることはためらった。

今年、傘寿を迎える未亡人の永井さんは、五月のバラのシーズンにはこの庭に立ったものの、この夏、別荘を利用することはなかった。

八月の初めに連絡をとると、「今年は体調のこともあり、やめておきます」と返事があった。

それでも文哉は、いつ訪ねてきてもよいように、庭の手入れを続けている。秋バラのシーズンにはきっと来てくれるだろう、と信じて。

高くそびえた椰子の木が揺れている。

風と雨の勢いが強くなってきた。

「こっちは終わったぞ」

和海が裏口から庭に顔を出した。「さっき、防災無線でなんか言ってたろ。文哉は聞こえたか？」

「いえ、聞きとれませんでした」

「だよな」

和海はキャップのツバから雨だれをしたたらせ、小さく舌を鳴らした。

管理を任されている空き家までは、とても手がまわりそうにない。もっとも空き家の管理費は毎月定額で、台風の対策までサービスに含まれているわけではない。

「そんじゃおれは、実家を見てくるから」

和海が右手を上げた。

「そうですね。ありがとうございました」

頭を下げた文哉にしても、やはり自分の家が気になった。

――が、その足で向かったのは、幸吉の畑だった。

明日は陸稲の刈り入れ予定日になっていた。刈り入れは、籾まき同様、文哉と和海で行うつもりだった。およその段取りについては、以前に幸吉から聞いていた。

海岸に近づくにつれ、まるでこっちに来るなと押し返すように風圧が増し、一歩一歩が重たくなる。

横殴りの雨を頬に受けながら幸吉の畑に到着。すでに、ずぶ濡《ぬ》れだ。

さすがだなと感心したのは、去年の台風接近の際、文哉が手伝ったときと同じように、畑の低いほうにすでに土嚢《どのう》が積まれていた。

畑に入り見まわしたが、幸吉の姿はなかった。

なぜか収穫されずに赤く熟した食べ頃のトマトが雨に打たれている。

そういえば、幸吉と会ったのは五日も前のことだった。

畑の先にある幸吉が借りている平屋に足を延ばした。庭に軽トラックが駐まっている。だが、こちらも不在だ。

時計を見ると午後六時をまわっている。

――どこに行ったのだろう。

親戚の家だろうか。

それとも近くに避難所が開設されたのか。

行方が案じられた。

湿気を含んだ生暖かい不吉な風を全身で受けながら、文哉は海を見にいった。

すでに波が高く、漁港の防波堤に激しく打ちつけている。陸の高い場所に移された漁船には、何本ものロープが掛けられていた。

視線を海岸道路に移すと、カイヅカイブキに囲まれた凪子の家が見えた。庭には、商売道具を満載した和海の黒のハイエースが駐まっている。

これからどこかへ避難するのかもしれない。

防災無線が流れたが、今度も聞き取れない。

きびすを返した文哉は、早足に坂を上り、丘の上の家へ向かった。

いつもとはまるでちがう海を、何度も何度も振り返りながら——。

9

ずぶ濡れの服を着替え、いつもより早く雨戸を閉めた。

夕暮れ時になってもまだ暑い。網戸にしておきたかったが、この風雨ではそうもいかない。

カッパに長靴を履いて、再び外へ。

雨はそれほど強くないものの、風はさらに強まり、物置小屋までが遠く感じる。台風に際し、この家に補強すべき箇所があることはわかっていた。だが完全に日が落ちると、あきらめて家に入った。

昼食をとらずに作業していたので腹が減った。とはいえ、食事に時間をかける気分ではない。ピーマンを細くスライスし、そばつゆで炒《いた》め煮にして、ごはんに載せ、〝ピーマン丼〟にして腹に収めた。こんなときだが、子供の頃は苦手だったピーマンがおいしく感じる。自分の畑で収穫したせいもあるだろう。

風呂に入ろうかと思ったが、もしものときのために水を張っておくことにした。ここで暮らしはじめてから、短い停電は何度か起きたものの、断水は経験がなかった。

その後、テレビの台風速報を見てから、懐中電灯や別荘の夜間点検用のヘッドライト、ロウソクを枕元に用意した。スマートフォンは充電したままにしておいた。

あれをやっておけばよかった、これをやっておけばよかった、と今さらながら考えてしまう。それでもまだ心のどこかで、台風が逸《そ》れるか、勢力を弱めることを期待していた。

つくづく人間とは勝手なものだ。台風が逸れれば、逸れて向かった先に大きな被害が及ぶ。結局、自分の身がいちばん大切なのだ。

食後、一度外に出ようとしたものの、雨風がさらに強まり、やりたいことができそうな状況ではすでになかった。

収穫前の陸稲のことが気になった。

五日前にビワ山を訪れた際に見た、頭《こうべ》を垂れた稲穂が風に揺れる風景が脳裏に浮かんだ。

――せっかくあそこまで育てたのに。

「ああ、千杯のごはんが……」

思わず歯がみする。

大雨の際、川の様子を見にいって人が流された、というニュースを見たことがある。そのたびに、なんだってそんな バカな真似《まね》をするのか、と思ったものだ。

でも今なら想像することができる。その人たちのなかには、自分の畑や田んぼが気になって足が向かった人もきっといたはずだ。彼らにとっては、それこそ食っていくための、かけがえのない大切な場所なのだ、と。

――午前零時。

狂ったような風と雨の音しかしない。

ふだんあまり必要性を感じなかった雨戸があることを、今日ほど心強く思ったことはない。

彰男が向かったという東京はどんな様子だろうか。テレビをつけたが、見たい番組があるわけでもなく、すぐに消した。

スマホを手に取り、美晴のメールアドレスを開く。しばらく迷ってから閉じた。むこうはむこうで大変な状況なのかもしれない。

だれからも連絡はこない。

話し相手がいない。

ひとりで暮らしていることをあらためて感じた。

まるで地震のように家が小刻みに揺れている。

雨戸もサッシも閉まっているというのに、カーテンの裾が動いている。

──午前一時過ぎ、停電。

こんなときは、早く寝てしまうに限る。

そう思ってシーツの上にころがったが、閉めきっているせいか、蒸し暑く、不安でとても眠れそうにない。

しかたなく、ロウソクに火をつけた。

この家は平屋だから、風には強い。そう信じた。

だが、丘の上にあるせいか、まともに風の影響を受けている気配だ。まるで難破船の船倉にでも閉じこめられているような気分だ。

脅しをかけるように、風が「ビョービョー」と唸《うな》る。

呼応するように、柱が「キイキイ」と音を立てて軋《きし》む。

ロウソクの火が揺らいでいる。

無力だった。

祈るしかなかった。

台風が過ぎ去るのをただ待つしかない。

と、そのとき、「ドーン」となにかが雨戸にぶつかった。

「ガッシャーン」と戸外で派手な音がする。

夜中に口笛を吹くような風の唸り声が聞こえる。

――この家が飛ばされる。

と本気で思った。

再び、外で大きな音がした。物置小屋のあたりだ。補強しておくべきだったトタンの屋根が外れそうなのだ。「バタンバタン」と暴れ、くり返し鳴り響いている。

しばらくするとその音がパタリとやんだ。

――あ。

今、飛んでいったのだ。

そう気づいた。トタンの屋根が。

続いて天井が激しく揺れ、屋根瓦が崩れる音がした。

不意にロウソクの火が消えた。

どこからか風が吹きこんでいる。

台所の食器棚から食器がこすれ合う音がした。

あわててヘッドライトを額に装着した。

スイッチを入れると、周囲の壁に光の帯がぶつかり、ここが自分の家だとようやくわかる。風を感じながら、這いつくばり、膝を擦って畳の上を進んだ。

風が吹きこんでいる場所に見当をつけ、廊下をたどると床が濡れている。

雨漏りなどという、生やさしい状態ではない。

さっきバスタブに水を張った風呂場のドアがバタついている。

かがんだ姿勢でドアの縁をつかむと、顔にまともに風が吹きつけた。

もはやそこは風呂場ではなく、外の気配がした。

全身に雨を浴びながら見上げると、空が見えた。呪われたような青黒い空が。

このままでは、父さんの家が壊れる。

「――やめてくれ!」

思わず文哉は叫んだ。

その声を風の音があっというまにかき消した。

屋根のない風呂場の上を、なにか黒いものが横切るのが見えた。なんだったのかは、わからない。でも、もはやそんなことはどうでもよかった。

風呂場のドアを閉め、必死に押さえた。

押さえていなければ、ドアが開いて、外れてしまいそうだ。

そうなれば、なにもかもが、お終《しま》いのような気がして。

10

風呂場のドアを背にして、少し眠ったようだ。

ひどく喉が渇いていて、冷蔵庫の麦茶を飲んだら、なまぬるかった。

まだ停電しているのだ。

流しの蛇口をひねっても水が出ない。

そうかと思えば、外ではセミが喧《やかま》しく鳴いている。

風と雨の音がやんでいる。

雨戸の隙間から差しこんだ鋭い陽光が、畳を真っ二つにしていた。

雨戸を開け、朝の光に目をしばたたくと、ぎょっとした。

縁側の前に、コの字形の白い木製の囲いのようなものが立っている。

昨日の夕方にはまちがいなくなかった。

よく見れば、見覚えがあった。寺島の邸のクーラーの室外機カバーだ。余った建材で和海がつくったもので、その囲いのなかで白い野良猫がしょっちゅう眠っていた。

それが、ここまで風で飛ばされたのだ。

外に出て見上げた空は、攪拌《かくはん》されたような薄い雲はあるものの晴れ間が広がっている。

軽トラックの荷台には、割れた瓦や木切れ、レジ袋やプラスチックの破片がやたらと載っかっていた。

物置のトタン屋根はやはりなかった。

風呂場の屋根も青い瓦が崩れ、あるいは裏返り、素焼きの部分が見えている。昨夜、風呂場から空が見えたのは、瓦の下の野地板がめくれあがってしまったからだ。雨樋《あまどい》も外れかけている。

――台風は過ぎ去った。

だが、けっして心まで晴れ晴れとしたわけではなかった。

サーフィンで沖に出て波待ちをしているときのように、からだが上下に揺れ続けている。

高台にある海が見える家からの景色は一変していた。

まさしくそこは被災地だった。

そして一夜にして、自分が被災者になっていた。

家の前の道まで出て、坂を下って歩いて行くと頬を涙が伝った。

昨日見てまわった自分が管理している別荘が、今は無残な姿を晒《さら》している。あるべき位置に屋根がない邸があった。海に向いた壁が崩れ落ち、サッシのガラスが粉々に砕け散っている。

坂の途中で立ち止まった。

足が動かない。

からだに力が入らない。

やらなければならないことは、たくさんある。

わかっている。

でも――。

ようやくふらふらと歩き出した足は、最後に訪れた永井邸に向かった。

到着するなり、風で運ばれたものが散乱している、青々とした芝に座りこんでしまった。

――なんだって神様はこんな仕打ちを与えるのか。

あんまりだ。

文哉は変わり果てた庭を眺めた。

しばらく声を出さずに泣いた。

ようやく区切りのため息をつくと立ち上がり、芝生の上に転がっている、倒しておくのをためらったオーナメントの、折れてしまったビーナスの首を拾い上げ抱きしめた。

11

「もしかしたら、山に行ってんじゃねえか」

そう口にしたのは、元町内会長の中瀬だ。

午後三時過ぎ、幸吉の行方がわからないと文哉の家に近所の人が集まってきた。このあたりではいちばんの高台に位置する文哉の家は、以前は町内会の集会所として使われていた。

「なんでまた?」

無精ひげを生やした潜水漁師の秀次《ひでじ》が聞いた。

「ほれ、ビワ山の家に帰ったんじゃねえかと思ってさ」

腕を組んだ中瀬が答える。

「あんなとこ、余計に不便だべさ」

秀次の奥さん、元海女《あま》の波乃《なみの》がつっこむ。

「電話してみたんか？」

「あんが、つながればとっくにしとるわ」

中瀬が顔をしかめる。「それにあのじいさん、ケータイなんか持ってねえべ」

「ビワ山かあ、わかんねえぞ、幸吉つぁんのことだから」

今度は中瀬の女房、栄子《えいこ》が口を開いた。

「心当たりねえか？」

そこで和海がこっちを見た。

「ええ、おれも気になって昨日の夕方、畑に行ってみたんです。きれいに土嚢が積んでありましたけど姿はなくて、家にもいませんでした。だからてっきり、幸吉さんは小学校にでも避難したのかと」

「いやあ、あのじいさんは、ああいうとこ好かねえっぺ」

「そうだなあ」

秀次夫婦がうなずき合う。

「それに、体育館の屋根も飛んだって話だもんな」

中瀬が腕をほどき、ため息を漏らす。「無事ならええんだけどなあ」

「おれ、見てきますよ」

「どこを?」

「ビワ山の家です」

「いやいや、あのあたりは道もせめえからな。木でも倒れてりゃあ、それこそ車じゃたどり着けねえぞ」

「停電してんのは、送電線や電柱が倒れてるせいって話だもんな」

中瀬夫婦がうなずき合う。

「まあ、でも、明日には電気もつくだろう」

「そうかねえ、だったら心配すっことねえな」

話が横道に逸れていく。

「おれ、やっぱり行きます」

文哉はもう一度申し出た。

幸吉のことが心配だった。同時に畑も気がかりだった。とくに収穫期に入っている陸稲のことが。幸吉からは、「おれの畑を、おまえに任せる」と言われたばかりでもあった。

この日、午前中は管理している別荘を見てまわった。なにから手をつけてよいのかわからず、ひとりでは手に負えない状況であることはまちがいなかった。どの邸も多かれ少なかれ被害があり、庭に瓦礫《がれき》が散乱していた。

その後、一番近い港に足を延ばした。地元の漁師たちが数人集まっていた。ひとりが指さしている先には、港内の海中に沈んだ船が認められた。

固定したロープが強風で外れたのか、漁船があちこちに動いてしまっていた。無言で目礼だけの挨拶を交わしたあと、海岸道路を歩いた。砂浜には多くの漂流物が打ち上げられていた。自分の家がある高台のほうに視線を移すと、海辺に面して建っている、文哉が管理していない別荘の多くもまた、屋根を中心とした大きな被害が目に留まった。

午後は情報収集を心がけたものの、電気が使えない上にネットもつながらない。防災無線からの放送もない。たいした収穫もなく、時間だけが過ぎた。

救いだったのは、和海をはじめ、世話になっている人たちが無事だとわかったことだ。そんななか、幸吉の安否だけがつかめなかった。

「この時間から行ったら、日が暮れるぞ。おれも一緒に行きたいとこだが……」

和海がめずらしく重たい口調になる。

「もし遅くなったら、向こうで夜を明かします。だから和海さんは、こっちに残ってください」

文哉はそう決めた。

「無理すんなよ」

「なんかあったら連絡しな」

秀次が口を挟む。

「だから言ってるべ、電波きてねえって。そもそもあそこの山は、ケータイつながらねえし」

中瀬が早口になる。

そんなやりとりのあと、準備を終えた文哉は、和海の黒のハイエースに乗りこんだ。

途中にある交差点の信号機が動いていなかった。

「こんなときだ。なにが起こるかわからねえからな。気をつけろ」

道幅が狭く、これ以上は進めない地点でブレーキを踏んだ和海は、運転席から降り、荷室を開けた。

「これ、持ってけ」

和海がいくつかの道具を選んで渡してくれた。

折りたたみ式のノコギリ、ロープ、作業用手袋、使い捨てのライター。

「助かります」

「食料と水は？」

「はい、せんべいとペットボトルを持ってきました」

「幸吉さんが家にいたら、泊めてもらえばいい。暗くなったら無理すんな。明るくなってから下りてこい。念のため、こいつも」

和海はたたんだブルーシートを差し出した。

「山は、この季節でも夜は意外に冷える。外で寝るようなことになったら、ロープを張ってそれにシートを被《かぶ》せてタープ代わりにしろ。その下で休めばいい」

「なるほど。いざというときには、やってみます」

文哉はうなずき、受け取った道具をリュックサックに詰めこんだ。

「ところで、彰男の話、聞いてるよな？」

「ほんとに東京に？」

「らしい。彰男のおっかさんの話では、向こうでなにかの契約を結ぶと言って出てったって話だ」

「――契約？」

「よくわからん」

和海が首を振った。「なんかよ、誤解してるみてえだな」

「どういうことですか？」

「彰男が東京へ行ったのは、こっちでうまくいかなかったせいで、どうもそれが、幸吉さんや、おれらのせいになってるようだ」

「おれら？」

「いや、彰男が言ったわけじゃねえぞ。どうも、彰男のおとっつぁんがよ、おれらがそそのかしたように思いこんでるみたいだと、中瀬のおやじがほのめかしてた」

「おれは聞いてませんけど？」

「まあ、あそこは親戚筋だからな。身内の悪口は言いたかないだろ」

「でも、おれらって、おれも含まれてますよね。おれがなにをしたって言うんですか？」

「あいつのビワの葉染めを売ったことが発端なのかな」

「でもおばさんは……」

「まあ、気にすんな。なんとしてもひとり息子に農家を継がせてえんだよ。彰男が別な道に色気を持っちまったことが、おとっつぁんとしては恨めしいんだろ」

和海が小さく笑い、文哉の肩をポンと叩いた。

先日畑に現れ、「ここで、なにしとる？」と尋ねてきた老人のことを思い出した。

そういえば、その日の夕方、幸吉がぶつぶつ言っていた。「まったく、どこのどいつが」と。

——まさか、それって……。

文哉はもやもやしたものを胸に抱きながら出発した。

くねくねと続く狭い道を歩きはじめるとすぐ、道に木が倒れているのが見えた。

12

汗まみれになってビワ山の中腹にある幸吉の家にたどり着いたのは、日没前の午後六時過ぎ。

途中、何ヵ所か倒木のせいで道が通れなくなっていた。そのたびに時間がかかってしまった。夏草の茂った藪《やぶ》のなかを進む際、和海から借りた作業用手袋と折りたたみ式のノコギリが役に立った。

幸吉たち家族がかつて住んでいた農家は、玄関まわりをのぞいて夏草に覆われている。かつては茅葺《かやぶ》きだったことを連想させる、急勾配の色あせた青いトタン屋根は、意外にも台風の大きな被害はなさそうだった。

農家だからか、玄関はふたつ並んである。その前に立ち、幸吉の名を呼んだ。

しばらく待ったが反応がない。

どちらの引き戸にも鍵が掛かっていた。

文哉の家では、ふだん鍵をかけない。不用心に思えるが、このあたりのとくに年配の人の家は、そんな具合が多いので、少々意外だった。

呼び鈴がないため、もう一度声を張り上げてみたが無駄だった。

裏口も戸締まりされていて、人の気配がない。

ぐるりとまわって見た感じでは、家屋には台風による深刻な損傷はなさそうだ。

文哉は視線を上げた。

少し家から離れている場所に、背の高いスギが、幸吉の屋敷を囲むようにそびえている。それは自然の擁壁のようにも見えた。

――家にいないとすれば、畑だろうか。

幸吉はふだん、畑の人だ。それ以外の時間になにをやっているのか知らなかった。家族を話題にしたこともほとんどない。言ってみれば知ろうともしなかった。

裏山の畑を見に行くと、ビワの古木が根元から裂けるように折れている。枝が折れているのは、一本や二本ではない。このところ剪定《せんてい》されていないせいなのか、枯れてしまった枝や内側を向いた枝が目立った。幹には苔《こけ》も生えていて、どこか元気がない。

そんなビワ畑にも、幸吉の姿はなかった。

日没までにはまだ少し時間がありそうなので、陸稲の畑へと足を向けた。

「幸吉さーん」

ときおり声をあげながら斜面を上った。

が、やはり反応がない。

未明にかけて襲来した台風が嘘《うそ》のように、小鳥がさえずり、セミが鳴き、足元でバッタが跳ねた。その様子があまりにものどかで、しゃくに障った。同じ台風を経験した身でありながら、そう見えるのは、そもそも彼らは失う家や損害を受ける財産を持たない生き物だからかもしれない。

途中の石垣の上に立つと、青空に宵《よい》の明星が見えた。

海は朱色に染まりはじめていた。

背伸びをして視線を投げた山裾の集落には、思いがけない光景が広がっていた。

台風の大きな被害を受けたのは、文哉が住んでいる海沿いの地域だけではなかった。屋根のない家や、ひしゃげたビニールハウス、早くもブルーシートで覆われた建物が見えた。山の斜面では、場所によっては土石流でも起きたように木々がなぎ倒されている。昨夜の台風は、想像以上に大きな爪痕を残していた。

石垣からさらに奥へ進み、ようやく開けた場所に出た。

しかしそこには、目に焼きついている稲穂の緑の海は広がっていなかった。

あれから一週間が経ち、黄金色に輝くはずだった、ほぼすべての陸稲が倒れこんでしまっている。

幸吉の家が無事だったこともあり、抱いた甘い期待は、あっさり打ち砕かれた。

収穫を心待ちにしていたのに――。

「――なんてこった」

からだの力が抜けていく。

足もとに伏している陸稲を前にして、文哉はどうすることもできなかった。

なにも考えられなかった。

――幸吉さんがいてくれれば。

どうしてもそう思ってしまう、弱い自分がいた。

陸稲畑から下り、中腹にある家にもどる頃には、あたりは薄暗くなっていた。

もう一度家の様子を確認したが、幸吉はここにはいないと確信した。おそらく台風の前に一度来て、戸締まりをしたのだ。海に近い畑に土嚢が積まれていたのも、今思えば、早くから準備していたのかもしれない。

いったいどこにいるのだろう。

今はただ、幸吉の無事を祈るしかなかった。

来た道には電灯などの明かりはない。要所にあったとしても、停電が続いている可能性が高い。倒木に塞がれた道を今からもどるのは現実的ではなかった。スマホで和海と連絡をとろうと試みたが、やはりつながらない。

文哉は野宿の準備をはじめた。

帰ったところで、電気も水も止まっている。屋根さえも一部ないのだ。どこで寝ようが同じような気がした。

石垣の近くのなるべく平らなところを選んで、木と木のあいだにロープを張り、そのロープを梁《はり》代わりにしてブルーシートを掛けた。そして向かい合った二辺の角にもロープを通し、左右に開くように張ってみた。ペグの用意がなかったため、大きな石を拾ってきて、ロープに結びつけた。なんとかタープを張ったようなかっこうになった。

火がつきやすそうな乾いた小枝を拾い集め、薪に使えそうな太い木を引きずってきて、ノコギリで切った。使い捨てライターを点火したが、なかなか火がつかない。シュロの繊維質の樹皮を剥《む》いて試したところ、ようやく小枝に火がまわった。

焚火《たきび》ができあがった頃には、あたりは闇に包まれていた。

子供時代、芳雄に連れられ、姉の宏美と一緒に、海や山に旅行したことはあったが、キャンプに行った記憶はない。住んでいた街からは山が見えた。初めて山で泊まったのは大学時代だ。「ハイキングみたいなもんだから」と勧誘されて入った山岳系のサークルで何度か登山を経験した。

しかし一年足らずでやめてしまった。

今思えば文哉は、何事も長続きしない性格だったのかもしれない。

焚火にあたりながら、先月届いた、大学時代の知人からのメールを読み返した。その男は、山岳系のサークルのリーダーを務めていた。

文哉は現実に引きもどされた。

この春に会社を立ち上げ、別荘や空き家の管理業務は順調に思えていたが、台風の直撃によって、先行きがまったくわからなくなってしまった。

こんなにも日常は突然に、そしてあっさりと崩れ去ってしまう。

朝になると、風景が変わっている。

自分が被災地に立ち、被災者と呼ばれる立場になっている。

少し前に読んだ知人からのメールの印象さえ変わってしまう。

バッテリーがあとわずかとなったスマホをポケットにしまい、夜の山の気配に耳をそばだてた。これから起こりうることを想像すると、横になってはみたものの、なかなか寝つけなかった。

いや、将来の不安とは別に、正直に言えば、こわかった。

テントではなく、タープ代わりのブルーシートということもあったかもしれない。

こんなふうに外で、しかもひとりで野宿するのは生まれて初めてのことだった。

夜の山の闇がこれほどまでに深いことを文哉は知らなかった。

真っ黒に塗りつぶされた闇の濃さに圧倒された。

まわりには多くの生き物の気配が満ちている。

それなのに自分はひとりで、とてつもなく孤独を感じている。

台風は過ぎ去った。けれど自分のなかでは、なにかが揺れ続けている。それはときおり高く、そして低く、くり返し押し寄せる。台風が去ったあとも海に残る、うねりのように。


——それが、今日までの出来事だった。

13

空が白みかけた頃、文哉はようやく眠りについた。

野鳥のさえずりが大きくなった午前五時過ぎにはからだを起こした。

すでにセミが鳴き、今日も暑くなりそうだ。

頭が重いのは、寝不足のせいだろう。虫に刺されたのか、からだのあちこちが痒《かゆ》い。

昨日、急ぎ持参した食料はもう残っていない。ペットボトルの水を飲み、空腹のまま、ビワ山の裾野の畑へ向かった。

あそこへ行けば、なにかしら食べられるものがある。

そう信じられる場所があることは幸せなことだ。

途中、倒木を乗り越え、それがむずかしい場合は藪のなかを手で漕《こ》ぐように進み、山を下り、ようやく自分の畑だった場所へたどり着いた。

「なんだこりゃ？」

思わずつぶやいた。

地面が掘り返されていたからだ。それも一ヵ所ではなく、何ヵ所も。

——だれかのいたずらだろうか。

いや、いやがらせかもしれない。

憤りながら、自分が拓いた畑を歩いてまわった。

——なぜこんなことを。

しかし、野菜を引き抜かれているわけではない。掘り起こされているのは、むしろ野菜などがない場所だ。

——もしかして、あいつか？

昨夜のことを思い出した。

小動物ではなさそうな足音がしたのだ。

話には聞いていたが、文哉はまだ実際には見たことがなかった。

地面には実落ちしたミニトマトが散らばっている。おそらく台風によるものだ。トマトのほとんどが支柱ごと同じ方向になぎ倒されている。

それでも倒れかけた枝にまだついている赤く熟したトマトを見つけ、口に放りこんだ。

「うまっ」

わざと声に出し、息を吐く。

空腹のせいか、いつもより甘く感じた。

よく見れば、ほかにも使えそうな夏野菜がある。早く抜かなくてよかった。

ネットに誘引したゴーヤ、今年初めてタネから育てたナス、シシトウ、ピーマン、それらを収穫しリュックに収めた。

あらためて思った。

畑というのは、ありがたいものだと。

つまりは、土だ。

自然の恵みなのだ。

「陸稲、食いたかったなあ」

ちいさくつぶやいた。

いや、正直に言えば――。

「あぁー、たまには肉が食いてぇー！」

大声で叫んでみた。

しかし山が低いせいか、こだまとはならなかった。

14

「そうか、ご苦労さん」

里に急ぎ帰ると、中瀬の家に寄り、幸吉がビワ山の家にいなかったことを報告した。

「それにしてもどこへ行ったかな。どっかでぶっ倒れてなきゃいいが」

「ビワ畑のほうもさがしたんですが」

文哉はうなだれた。

中瀬は状況を語り出した。

「朝には電気がつくもんだと思ってたけど、この分じゃ、あてにできんぞ。防災無線もだんまりだ。なにがどうなってるのか、わけがわからん」

「――そうですか」

落胆した文哉は、台風によるビワ山の道路の被害状況を口にした。

中瀬の話では、幹線道路では渋滞が起きているという。給油待ちの車がガソリンスタンドから行列をつくっているらしい。電池式のラジオで聞いた天気予報によれば、今日明日は、雨は降らないそうだ。

「大変だったね、からだこわさないようにね」

帰り際、栄子がひじきの炊きこみごはんで握ったおにぎりを持たせてくれた。お返しに畑でとってきた野菜を渡そうとしたところ、「いいよ、いいよ」と遠慮されたが、最後には受け取ってもらえた。デキはいまいちでも、自分が育てた野菜だ。

そんな些細《ささい》なやりとりではあったが、ビワ山へ行ってよかったと文哉は思えた。

自宅に向かって坂を上っていく。昨日と同じままの別荘地の惨状がいやでも目につく。なにも変わっちゃいない。人の姿はない。

瓦の一部が崩れた丘の上の家にたどり着くと、やはり電気はつかず、水も出ない。スマホもつながらない。庭には、風で飛ばされたクーラーの室外機カバーが立っていた。夢ではなかったことを思い知らされる。

昼過ぎに、和海が徒歩でやって来た。車のガソリンを節約するためだろう。

「幸吉つぁん、帰ってたぞ」

玄関を開けるなり和海が言った。

「ほんとですか？　どこに行ってたんですか？」

「それが——」

和海が舌を鳴らした。「言わねえんだ」

「どういうことですか？」

「バッタリ会ったんだよ、今そこで。どこにいたのか聞いたけど、答えん。まったく、偏屈じじいだからなあ」

和海はため息をつき、続けた。「でもよ、おかしいんだよ。よそ行きの背広なんか着てやがってよ。ぼう然として、自分の家を見てやがった」

「まだいますかね？」

「ああ、家のなかに入っていったからな。屋根はねえけど」

和海が小さく笑った。

「そうですか……」

文哉は腑《ふ》に落ちなかった。

和海はあの日、母親と凪子を連れて、内陸に少し入った自分のアパートに避難させたらしい。電気が止まっているものの、水は出る。建物自体の損傷も少なく、二人は今もその部屋にいるという。

「まずは、どこも屋根だな」

和海が表情を引きしめた。「早いとこ屋根の応急処置をしなくちゃ、雨が降ったら、ますます被害がでかくなる」

「そうですね。天気がいつまで保《も》つかわかりませんからね」

「そうだべ。ある意味、時間との競争だ」

「よろしくお願いします」

文哉は頭を下げた。

「そうだ、配電盤のよ、ブレーカーは落としたか?」

「いえ、まだですけど」

「それはすぐにでもやっとかねえと、通電火災が起きる場合があるからな。本来なら、家に住んでる人間がやることだが、こんな状況じゃ別荘の住人はしばらく来ないだろう」

通電火災とは、停電が復旧して通電が再開される際に発生する火災のことで、自然災害などの被災地で最近増えているらしい。電気配線の被膜が傷ついていたり、コンセントや分電盤が濡れていたりすると、通電が再開された際に火事になるケースがあるのだ。そのため、無人の建物から出火する場合があり、気づくのが遅れ、大きな火災に発展しかねない。だから、まずは配電盤のブレーカーを落とすよう、和海は言ったわけだ。

「電気や水道が早くもとどおりになればと思いますが、そういう問題もあるわけですね」

「じゃあ、見まわりしたあと、まずはこの家の屋根からやっちまうか？」

オレンジ色に二人で塗装した家を和海が見上げた。

できればそうしたかった。

でも、「いえ、この家は後まわしでいいです」と文哉は言った。

「なんで？」

「管理している別荘をまずやりましょう。自分の家から直したんじゃ、それこそ信用されなくなります」

「無理すんなって。別荘は別荘だべ。あの人たちには、ほかに家があんだぞ。おまえはこの家で暮らすしかねえ」

たしかに、そう言われればそうなのだ。

「――でも」

「へっ」と和海は息を吐き、呆《あき》れ顔で言った。「そういう強情なとこ、芳雄さんに似てきたな」

「そうですかね？」

「ああ、あの人もそういう人だった。かっこつけだった」

そう言って日に焼けた顔をほころばせた。

「まあ、でもな、人間、かっこつけなくなったら終わりよ。今の世の中、かっこわるいやつばかりだろ。かっこわるくていいと開きなおってる。見本となるべき政治家ですら、恥知らずなことを平気でやりやがんだ」

和海は静かに憤った。

「おれもそう思います」

文哉はうなずいた。

「で、別荘の被害状況は？」

「契約している別荘のうち、被害が大きい、つまり屋根の損傷が激しい家は、四軒です。寺島邸、植草邸、東《あずま》邸、稲垣《いながき》邸」

「永井さんとこは、だいじょうぶなのか？」

「ええ、邸としては古いはずですが」

「さすがだな。被害の状況を詳しくまとめろ。その被害の箇所、規模、屋根については、屋根の形状。それから、なるべく早めになんらかの方法で契約者に連絡をとることだな。勝手に手をつけるわけにはいかねえだろ。金だってかかることだし」

「そうですね。そう思います」

「でもよ、どこの業者も、すでにてんやわんやだ。それに目をつけておかしな連中がよそから入ってくることもありえる。かっこわるいやつらがな。やるとすれば、自分たちでやるしかねえぞ」

「できますかね？」

「もう一度言うぞ。急ぎやるとすれば、自分たちでやるしかねえ。自分たちとは、おれとおまえってことだ」

和海は日に焼けた顔で言った。

文哉は唾をゴクリと呑《の》んだ。

「わかりました。やります」

どっちが会社の責任者かわからない会話になっていたが、うなずいた。

「危険が伴う。言ってみれば、命がけだぞ」

「人は雇えませんか？」

「助けをあてにしたり、待つような真似は、今はすべきじゃねえ。自分でできることをまずやるまでよ」

和海が言った。「こっちの人間は、むずかしいだろうな。自分らのことで精一杯だ。あたってはみるけどよ」

「お願いします」

「それと、すまないが、おれも頼まれてる家がいくつかある。地元の年寄りの家だ。自分じゃ、ブルーシートを張るどころか、屋根に上ることすらできねえ」

「それはおれも手伝います。やらせてください」

「ああ、頼むぞ」

和海はこりをほぐすように肩をまわした。「まずは調査、それから連絡をとれ。いいか、これは仕事でもある。順番はおまえが決めろ。おれはブルーシートとか、修理に使う資材を調達してくる」

「よろしくお願いします」

「それから、文哉のほうでも人をあたってくれ。週末だけでもいい。ボランティアしてくれるやつ、金で動くやつ、だれでもいい。動機なんかにかまってられるか」

和海の目の色がいつもとはちがっていた。

15

各別荘のとくに屋根の被害状況を詳しく調べた。

材質としては、瓦の屋根の被害がとくに目立った。また、シャッターや雨戸のない窓ガラスの多くが割れてしまい、雨が屋内に降りこんでいた。電化製品にも影響が出るはずだ。この暑さで通電が止まった冷蔵庫は開ける気がしない。すべての別荘のブレーカーを落とした。

文哉は幸吉に会いにいった。

幸吉は、いつもの作業着姿でいつものように畑にいた。

「どこへ行ってたんですか?」

幸吉の顔を見るなり、文哉は尋ねた。

「ひでえもんだな。とうとう畑にまで潮が入っちまった。これじゃあ、使いものにならねえ」

幸吉はナスの株を手に提げている。

その萎《しな》びたナスの如《ごと》く幸吉は元気がない。もっとも、台風の被害からすれば当然のことだろう。

「ビワ山の家まで行ってくれたそうだな? 中瀬んとこの婿から聞いた」

「無事でよかったです」

質問には答えないまま、幸吉はしわの目立つ顔をしかめた。「心配した、心配した、うるせえほど言われたが、なにもこっちは頼んだ覚えなどねえ」

元気はなくとも、幸吉は幸吉だった。

「こっちの家のほうは、どうですか?」

文哉は苦笑を浮かべ尋ねた。

「ありゃ、だめだろうよ。住めそうもねえから、これから山へもどる」

「ああ、あそこがほんとの自分の家だ」

「でも、かなり木が倒れていて、道が何ヵ所も塞がれてますよ」

「どっこい、越えていくまでさ」

「こっちの家の屋根の応急処置なら、おれとカズさんで……」

「おまえは、おまえの仕事をしたらいい。借りてる家は、大家がなんとかするだろうよ。おれも、おれの暮らしにもどる」

「じゃあ、山で生活する気なんですか？」

「そういうことだっぺ」

幸吉は、ナスの株を畑の隅に放った。

「そういやあ、向こうの家、見てきたって？」

「ええ、不思議なことに、見たところ問題なさそうでした」

「なあに、不思議でもなんでもねえさ。あっちのほうが、ここよりなんぼか風には強い。木に囲まれてるからな。海っぷちにいくら防風林を金かけて植えたところで、守り切れん。できるかぎり、自然を味方にせんとな」

「木に守られたってことですか？」

「ビワ山ですか？」

聞こえなかったように、また答えない。

「で、陸稲はどうなった？」

幸吉が話題を変えた。

「全滅です。みんな倒れてました。留守にしてわるかったな」

「だろうな、あの大風じゃ。やっぱり陸稲はもうダメなんですかね？」

「どうなんでしょう。やっぱり陸稲はもうダメなんですかね？」

「わからん」

「どうすれば……」

「農協に出すわけじゃねえ。それに水稲とちがって、倒れたといっても、水に浸《つ》かってるわけではあんめい。要は、食えればいいんだべ？」

「じゃあ？」

「刈り取ってみるまでさ」

「これから刈るんですか？」

「おめえが、あきらめないならな」

幸吉が、はじめて文哉の眼《め》を見た。

「——わかりました」

文哉は躊躇したが、電気も水もなく携帯電話も使えない今、できることは限られている。スマホの電波が届く場所まで車で行き、別荘の契約者に被害状況を連絡すべきかとさっきまで考えていたが、早く報せたところで状況が好転するわけではない。

　それより、いつも世話になってきた幸吉を、無事にビワ山の家まで送り届ける助けに、自分がなりたかった。

　ビワ山の幸吉の家までは、通常であれば軽自動車で約十分。文哉の足なら四十分。しかし倒木により道は分断され、しかも幸吉は膝がわるい。休み休み歩くとすれば、下手すれば二時間近くかかるかもしれない。その場合、到着するのは、再び日没前になる可能性がある。

　文哉は家にもどり、玄関にメモを貼った。

「幸吉さんとビワ山の家へ向かいます」

　中瀬にひとこと伝えようかと思ったが、幸吉がよい顔をしない気がした。

　県道を越え、まだ止まったままの内房線の高架をくぐり、二人で山へ向かった。

　さすがはビワ山で長年暮らした人間だと思ったのは、倒木で道が閉ざされた地点に差しかかるや、「こっちさ行くべ」と的確に別ルートを選んでみせたことだ。

　幸吉はときおり膝に手を当てさすっていたが、だましだまし歩を進めた。途中、小さな丘を越え、道路に出たり、藪へ入ったりをくり返し、花卉《かき》栽培の名残りのような場所や、休耕地らしき景色のなかをただひたすらに歩いた。

がに股で歩く、背の低い幸吉の作業着の背中には、うっすらと汗染みができていた。古い落ち葉で隠れた道を歩いているとき、ブゥーンと羽音を立て、大きなハチが向かってきた。

「うおっ」

文哉は声を上げた。

「動くんでねえ」と幸吉が言った。

まるでマンガのようだった。大人の親指ほどあるハチはブンブン羽音を響かせ、文哉のまわりを嗅ぎまわるようにしつこく飛んだ。生きた心地がしない、とはこのことだ。思わず文哉は強く目を閉じた。

「――よし、行ったぞ」

幸吉の声がした。

「はあー」とため息をつく。

「あいつはえらいぞ、オオスズメバチだ。昔はめったに見んかった。多くなったのは、この道や山に人がへえらなくなってからのことだ。今じゃ我がもの顔で飛んでやがる」

「そうなんですか。人が入らなくなると、そうなるものですか?」

「ああ、目を配れよ」

幸吉は再び歩きはじめた。

目指す幸吉の家へは、思ったより早く到着した。

昨日は気がつかなかったが、庭には、サルスベリのピンク色の花が咲いていた。

幸吉はなぜか玄関には向かわず、夏草に囲まれた土蔵へと向かった。

背の高さほどある草むらを、文哉もあとを追う。

古びた蔵は白壁がところどころ崩れ、土に混ぜた藁《わら》がむき出しになっている。重々しい扉を開け、入った幸吉がもどってくるのを外で待つことにした。土蔵の向こう側も草むらになっている。

入口の前で、なにげなく踏み石の脇を見た文哉は、「ええええーっ」と情けない声を上げた。

「あじょした?」

幸吉が二丁の鎌、厚みのある包丁のような道具を手に、暗がりからもどってきた。

「なんすか、この骨?」

地面には、ほぼ横たわったかたちで、動物の骨が骨格標本のように並んでいる。体長は七十センチ近くあった。

「こりゃあ、野ウサギだべ」

幸吉は足もとを平然と見つめている。

「え？　ウサギ、この山にいるんですか？　しかもこんなデカいのが？」

「ああ、おるさ」

幸吉は鎌を文哉に渡した。「ほかにもいろいろとな」

人知れず野生の動物が生き死にしている。つまりここは、山のなかであることをわかりやすく物語っていた。

「そんじゃ、行くべ」

幸吉は死骸をまたぐと、ビワ畑の斜面を上っていく。

ここは幸吉の家の敷地のなか、すなわち庭である。埋めてやらないのかよ、と思ったが、たしかに今はそれどころではない。

ときおり、枝を低く垂らしたビワの木の前で足を止めては、幸吉は強風で傷んでしまった幹や枝を愛《いと》おしそうに軍手で撫《な》でた。

「立派なビワの木ですね」

「ああ、手入れしてねえから、背が高くなっちまった。それもあってか、だいぶ風でやられた」

すまなそうにつぶやいた。

「こいつらはおれとおんなじでよ、もうかなりの年だかんな。おいねえのさ」

文哉は小さくうなずいた。

「おいねえ」とは、「うまくない」「いけない」という房州弁と理解していた。

ビワ畑の終わりで幸吉が立ち止まった。

レジ袋を取り出し、かがんでなにをやっているのかと思えば、芽のようなものを摘んでいる。

「それは？」

「ミョウガ。ありがてえことに、毎年、勝手に生えてくんだ。たぶん、ばあさんが植えたかしたんだろ」

文哉もその赤みを帯びた芽を何個か見つけて摘み取った。いい香りがする。

石垣を越えたあたりで、再び幸吉が立ち止まった。

「だれだべ、こんなとこで焚火しやがったのは」

「あ、すいません。おれです」

文哉はあわてて申し出た。

「あん？　野宿でもしたんか？」

「はい、夜遅くなったんで」

「家を使えばよかったろ？」

「鍵、締まってました」

「ん？　ああ、そうだったな。おれが締めたんだっけな」

幸吉は下唇を出してうなずくと、再び歩きはじめた。膝が痛むような足使いだった。

斜面の陸稲の畑に到着すると、幸吉は足を踏ん張り、さっそく鎌を使って無言で稲刈りをはじめた。

文哉もそれに倣った。

想像したほどむずかしくはなかった。というのも、昨日訪れたときより、陸稲の稲穂が立ち上がっていたからだ。そのたくましさにうれしくなった。

「稲が倒れっとよ、刈り取りがめんどうになるわけだ。今じゃ大型の機械、なんだありゃ、コンバインって言うのか、で刈るわけだが、それがむずかしくなる。とは言えよ、昔はみんなこうして自分の手で刈ってたわけさ。まあ、そもそもこんな斜面じゃ、コンバインは使えんだろうしな。それと田んぼの場合、水を抜く前だと、稲穂が倒れっと水に浸かって籾の発芽がはじまっちまう。そうなりゃ、味が落ちる。じゃが、ここは山のなかの畑だからな」

幸吉はいつになく饒舌《じょうぜつ》だった。

「どうですかね？」

文哉が尋ねた。

「ありがてえことに、台風のあと天気もわるくなかった。これなら問題なさそうだ」

「ほんとですか？」

「ああ、おそらくな」

幸吉がはじめて笑顔を見せた。

16

陸稲は収穫量が多くないため、昔ながらの方法での乾燥を試みることにした。つまり、天日、太陽光線と風による乾燥だ。

竹林から切り出した直径五センチほどの青竹を使って、刈り取った稲を干す竿掛けをつくることになった。幸吉によれば、「稲架《はさ》」と呼ぶらしい。

その際、幸吉から厚みのある包丁のような道具を渡された。歯はそれほど鋭くないが、重みがあり、細い木なら切断することができそうだ。幸吉はあたりまえのようにその道具を使った。幸吉がするのを真似、切り出してきた青竹の枝をまずは払い、水平の切り口を叩き削るようにして杭《くい》をつくっていく。

文哉の作業を幸吉がしばらく見ていた。試されているような気がした。

その青竹でつくった杭を三本交差させるようにして石で地面に打ちこみ、長いままの竹を竿にして渡せば、「稲架」の完成だ。

厚みのある包丁のような道具の名前は、「鉈《なた》」。

文哉が初めて使った道具だ。

おそらく幸吉は、ここへ来る前から、「鎌」で陸稲を刈ったら、「鉈」を使って青竹を切り出し、「稲架」をつくろうと考えていたのだろう。マニュアルがあるわけではない。そういうイメージを、智恵を、抽出《ひきだし》を持っているのだ。

「稲架をつくるなんて、おれもはじめてよ。昔、田んぼを手伝ったことがあっから、見よう見まねさ」

幸吉はそう言った。

よい道具があればできる、というわけじゃない。

つまりは経験がものを言う。

古びた鉈は少々錆びていたが、手にしたときの重みが心地よかった。その重みが、安心というのか、力を与えてくれるような気にさせるのだ。

「お天道様と風でじっくり乾燥させるとよ、うまくなるんだって、昔は言ったもんさ」

幸吉が陸稲を器用に束ね、稲架に掛けていく。

——なるほど、そうか。

文哉は思い至った。

穀物であるコメは、もちろん農産物であるが、そのまま食べるわけではない。刈り取った籾を乾燥させ、余分な水分を抜いてやる。それによって変質を防ぎ、保存しやすい食料へと変える。素晴らしい智恵だ。ふだんスーパーで買っていたから意識したことがなかったが、コメとは、人の手が加えられているわけだ。

「じゃあ、今はどうやって乾燥させてるんですか？」

文哉は尋ねた。

「機械だろ。機械のあるセンターとやらに持ちこめば、一晩で乾燥させるって話だ」

「へえー、便利ですね」

「ふん」と幸吉は鼻を鳴らした。

「じゃあ、この陸稲の場合はどれくらい干すんですか？」

「十日くれえかなあ。天気にもよるんじゃねえか」

「そんなにかかるんですか」

「おいおい、それが自然ってもんだろ」

幸吉が唇をとがらせた。

「――そうでしたね」

文哉は汗のしたたる顎を振った。

人間の思いどおりにはいかない。それが自然なのだ。

そのことを今回ほど思い知ったことはない。

——太陽がおいしくする。

いい話だな、と文哉は記憶にとどめた。

17

山の斜面の陸稲畑はおよそ一畝しかなく、手分けしたので、日没直前になんとか作業が終わった。

そのあとに眺めた景色が胸に迫った。

そこだけ色のちがう、陸稲を自分たちの手で刈り取った斜面。

稲架に掛けた黄金色の稲穂。

——これで一年、コメが食べられる。

そう思うと、台風の被害を一瞬忘れ、微笑《ほほえ》むことさえできた。

山の中腹の家に急ぎ帰ると、庭にある井戸を使い、顔や手を洗った。

驚いたことに、ここではふつうに水が使えるのだ。

「こんなときは便利ですね」

「電動のポンプのほうは、とうにいかれてる。手押しポンプを外さず残しておいて正解だったな」

幸吉が腰につりさげている手ぬぐいで顔を拭いた。

「そうか、ポンプが電動だと、水を汲《く》み上げることができないわけですね」

「風呂も同じだべ。たとえプロパンガスがあっても、湯を沸かす装置に電源を使っていりゃあ、風呂は沸かせねえ」

「――そうか」

「便利だからといって、ひとつのもんにばかり頼るってことは、おっかねえのさ」

幸吉の言葉は、あたりまえになっている今の生活の根本的な弱点を衝《つ》いている気がした。

「今夜は泊まってけ」

帰る身支度をはじめた文哉の背中に、幸吉が声をかけてきた。

夏至から二ヶ月と少しが経《た》ち、夜が早足に迫っていた。家に帰ってやらなければならないことがたくさんある。でも、これから向かう山中の闇がどれほど暗く深いかは経験済みであり、かなり疲労が溜《た》まってもいた。

文哉は迷ったが、明日早く山を下りることにして、幸吉の言葉に甘えることにした。

初めて敷居をまたいだ幸吉の家は、古くから続く農家らしく、間取りがゆったりとしていて、各部屋が広かった。また、増築をくり返したようにも見えた。

太い梁に支えられた広間の奥には、薄暗くてよく見えないが、縁側沿いに部屋が続いている。

「へえー」

感心してのぞいていると、トイレの場所を教えられ、奥の間には行かないよう、やんわりと釘《くぎ》を刺された。

「今夜はこの部屋を使え」

案内されたのは、狭い階段を上がったところに隠し部屋のように存在する、一部屋だけの二階の間だった。

窓明かりに照らされた六畳には古びた真鍮《しんちゆう》製のロウソク立てがあり、火のついていないロウソクが立っていた。窓からは涼しげな風が入ってくる。

「ありゃ」

幸吉が部屋の隅に落ちていた細長いセロファンのようなものを拾い上げた。

「なんですか、それ?」

「財布にでも入れとくか?」

幸吉が薄く笑った。

「え?」

文哉はひらひらしたものに目をこらした。

「これって、もしかしてヘビの？」

「みてえだな」

「てことはですよ――」

文哉は部屋を見まわした。天井には、これまた見事な太い梁が通してある。

「――この部屋にヘビが入れるってことじゃないですか」

「まあ、ネズミでも追いかけてきたんだっぺ」

幸吉はさっさと階段を下りていった。

――やっぱり帰るべきだったかな。

文哉は窓に近づき、薄暗がりの外を眺めた。

「へえー、海だ」

文哉はつぶやいた。「海が見える」

わずかだったが、高い木々の向こうに、遠くちらちらと月明かりに光る海原が見えた。

しばらく宵の景色を眺めた。

これまで気づかなかったが、土蔵の奥に、離れ家があった。山を含めると、かなりの広さの土地になる。家の広さからしても、おそらく昔は大家族の農家だったのだろう。

文哉は窓から離れ、腰を下ろした。

家具がひとつもなく、畳の上にゴザのようなものが敷かれている。なんだか時代劇に出てくる安宿みたいだ。それでも、外で寝るよりは、よほどましだ。

文哉はごろりとその場に横になった。まぶたが重たくなり、そのまま小一時間ほど眠ってしまった。

目が覚めて階段を下りると、台所の隣、ダイニングにあたる部屋のランプの灯りの前に幸吉がいた。

「先に入れ」

「なんですか?」

「風呂だ」と幸吉が答えた。

「え? でも沸かせるんですか? ここってプロパンガスですか? でも、電気止まってますよね」

「プロパンはやめちまった。電気は止まってる。さあ、こっちだ」

幸吉はランプを手にして、なぜか台所の先の土間から裏口を使って外へ出ていく。

文哉もそこにあったサンダルをつっかけて続くと、月明かりの下、土蔵の奥にある、さっき二階の部屋から見た離れ家の前で幸吉が待っていた。

「薪《まき》はくべといた。少しぬるいかもしれんが、そこは我慢してくれ」

「薪で？」

「五右衛門《ごえもん》風呂さ」

幸吉はそう言うと家にもどってしまった。

もちろん、文哉は五右衛門風呂なるものを目にするのも、入るのも、初めての経験だった。

風呂釜自体は小屋のなかにあるが、外から丸見えだった。置いていってくれたランプの火が風に揺れている。虫の声がそこかしこからわくように聞こえてくる。

「これって、一種の露天風呂だな」

だれが聞いているわけでもないが、つぶやいていた。

風呂に入るのは五日ぶり。自宅では電気も水もまだ止まっているはずだ。それだけに湯船にとっぷり浸かり、風呂のありがたみをしみじみと味わった。

薪で焚《た》いたせいなのか、風呂釜から出てもからだが火照っていた。

「なにか手伝うことがあれば？」

幸吉に声をかけると、食事の準備ができたと言われた。

結局、幸吉を助けるつもりでついてきた文哉だったが、世話になっているのは自分のほうだった。

今さらながら気づいた。

18

「台風のおかげで、とんだことになっちまったな」

和室の座卓で向き合った幸吉は、言葉ほどの深刻さを見せずに言った。

蓋を取った鍋から湯気が立ち、炊きたての白米がのぞいている。こちらも薪で炊いたようだ。

からだは正直だ。腹が減っていた文哉の口のなかに唾液があふれてきた。

こんなときなのに、お膳には一汁三菜が用意されている。

そのことに感激すると、幸吉はふだんから定期的にビワ山を訪れては、この家にちょくちょく滞在していたことを明かした。以前、敷地内に不法投棄されたのがきっかけだったようだ。そのため、コメや味噌などの調味料を備蓄していたらしい。

「別荘みたいなもんよ」

自嘲気味に笑った幸吉だが、なによりここでこうして居られることが、文哉が管理している別荘とはなにかが大きくちがう気がした。

「じゃあ、遠慮なくいただきます」

両手を合わせ、文哉は箸を手にした。

幸吉の手料理は何度か口にしていた。寡夫となってから覚えたというそれは、亡き妻のほぼものまねらしい。あるいは、受け継がれている農家メシだ。

まずは、すまし汁をいただいた。

「これって？」

「ああ、さっき摘んだミョウガだ」

「うわっ、いい味出てる」

文哉は思わず唸った。

煮物の鉢は、切り干し大根、ひじきの酢のもの。

めずらしいものではないが、それがかえって遠く感じる日常を思い出させ、胸がじんとする。

「これ、なんですか？」

文哉はもうひとつの鉢をのぞきこんだ。

「そいつは、ミズのたたき」

「ミズ？　山菜ですか？」

「ああ、水辺や森の湿ったとこに生えとる。ウワバミソウとも言うべ」

「ウワバミって、たしか、大酒飲みのことですよね?」

「もともとはでかいヘビのことだべ。大蛇がいそうなところに生えてっから、ウワバミソウ。そういう名前がついたと聞いたことがある」

細かく刻まれた山菜を箸でつまんで口に含んだ。

「へえ、ぬめりがあるんですね」

「たたきよ、こっちでいう、まあ、なめろうだわな」

幸吉は口元をゆるめた。「根もとの赤っぽい部分をよ、洗ったら、すりこぎで叩いて、包丁でさらに細かく刻むんだわ。五分とかからん。したら、こんなふうに粘りが出てくる。まあ、ミズはクセがねえから、茹《ゆ》でても炒めても食える」

「胃にもよさそうですね」

箸で取ろうとするが、すべってうまくいかない。

少々行儀わるいが、器を手に取り、ごはんにかけた。

——おいしい。

山に生えている、タダのものなのに。

「薄かったら、もちっと醤油《しょうゆ》をかけたらええ。どうだ、少しかてえか?」

「いえ、いい感じです」

ごはんが進んだ。

「山菜はよ、春だけじゃねえ。この時期に食えるもんだってあんのよ」

「さすが、山暮らしが長かった幸吉さんですね」

「なあに、おれはそれほどでもねえ。山に詳しいもんなら、ほかにいる。このミズも、昔世話になったもんに教えてもらったんだわ」

「へえー、そうなんですか」

「どっこいしょ」

かけ声をかけた幸吉は膝を立て、台所に行き、もどってきた。

「ほれ、こいつがミズだ」

「ほんとだ、根のほうが赤いですね」

文哉は手に取り、ぎざぎざした葉のかたちや茎の様子を注意深く目に焼きつけた。もちろん、今後自分でとるためだ。

知らなければ、ただの野草にすぎないが、記憶によってごはんのおかずに変わる。おもしろい。

まだまだ自分の知らない食材がこの地にはありそうだ。あらためて気づいた。

「昔世話になった人って、こちらの方ですか？」

「いや、今は別のところに住んどる。十一月になれば、現れるかもしれん」

「十一月ですか？」

「あんが、今年はこんなありさまだ、わからんな」

「切り干し大根もうまいです」

「それは、おれがつくったもんさ。こいつも天日干しだ」

「いいっすね、太陽の味っすね」

文哉の口元がゆるんだ。

なるほど、市販の切り干し大根のようにそろっていない。やや太く、やや短い。それでもしっかり大根の味がする。

食べ物を保存する際、よく使われる方法がある。〝干す〟ことだ。たとえば、魚ならアジの干物がそうだ。農産物では、梅干し、干し芋、干し椎茸《しいたけ》、かんぴょうといった具合にいろいろとある。

稲を干すのも、それと同じことなのだ。

「――そうか」

文哉は思いついた。「加工する、という手がありますね」

「昔の人は、いろいろと工夫をしたもんよ。こんなときは、乾物が役に立つのよ」

「たしかに」

文哉はうなずいた。

宅配サービスでは、いかに新鮮な野菜を届けるかばかり考えていた。しかしひと手間かけることで、ちがう食品になり、異なる価値を付加できる。そういえば、彰男が手がけるビワジャムやビワの葉茶にしても、農産加工食品なのだ。それにそのまま売るより、利益が出せるかもしれない。

今、口に入れたものは、ほとんどが畑や海や山でとれるものだ。

畑の大根。海のひじき。山でとれたミズ。

大根とひじきは、干したものだ。

そして、コメもそう。

干して乾燥させ、日持ちするよう手を加えられたものだ。

天日干しにすれば、太陽がおいしくしてくれる。それにお金がかからない。なにしろ、天然のエネルギーなのだから。

「ごちそうさまでした」

文哉は今日の夕飯に感動すら覚えた。

粗食と言えばそれまでだが、昔ながらの智恵による食べ物ばかりだったからだ。おいしく感じられるのは、余計なものがいっさい加えられていないから、そして、つくった人間が信用できるからかもしれない。

台風により被災したというのに、ここではふつうに生活が成り立つことが興味深かった。

「ほれ、食後のデザートだ」

幸吉が差し出したのは、淡い紫色の美しい色をした果実で、ぱっくりと真ん中から割れていた。

「食ったことねえか？」

「ええ」

文哉は首をかしげた。

「――アケビさ」と幸吉は答えた。

文哉は、透明がかった白い果肉をおそるおそる舌の上に載せてみた。ねっとりした食感に戸惑いつつ、素朴な自然の甘みが口のなかに広がる。次第に頬がゆるんでいくのが自分でもわかった。

19

食後、幸吉がどこからか日本酒の一升瓶を出してきた。どうやらこれも、こっちへもどってきたときのための備蓄らしい。文哉はつき合うことにした。

「じつはな、東京へ行ってた」

酒を口に含むと幸吉が言った。

「それって、台風のときですか？」

「ああ、そうだ」

「なにか用でもあったんですか？」

「――まあな」

幸吉はつぶやくと、「その話はおいといて、君津で乗り換えた行きの電車で山野井のところのせがれと一緒になった」と言った。

「彰男さんですか？」

「そうだ」

「なにか話しました？」

「ああ、あいつがおれを見つけて、わざわざこっちの席まで来たんでな」

文哉はその情景を思い浮かべた。君津からの内房線快速電車は四人座りのボックスシートだろうから、おそらく二人で向かい合って座ったのだろう。

「どんな話をしたんですか？」

「どこへ行くのか、忠男《ただお》のせがれに聞かれた」

忠男とは、彰男の父だ。

「それで？」

「答えんかった」

「なんでですか、それじゃあ、話が弾まないでしょ」

「弾ませるつもりなどないわ。だけんが、おまえさんは？　と聞き返した」

「彰男さんはなんて?」

「東京と言っとった。だから、おれも同じだと答え、東京も広かろう、と言うと、あいつはにやつきよってごまかした」

「なにしに行くのか聞いたんでしょ?」

「——聞かん」

「なんで聞かないんですか?」

「そりゃあ、あいつだって答えたくもねえべ」

「で、どんな感じでした?」

「ん、へんな感じだったな」

「へんなって?」

「なんか、こう、いつものあいつとはちがった。浮かれてた」

「浮かれてた、彰男さんが?」

「でなきゃ、あいつがわざわざおれの席にまで来て、話しかけんべ」

「たしかに」

つぶやいてから、「いえ、まあ」と言葉を濁した。

「そんとき感じたんよ」

幸吉は湯呑み茶碗の日本酒をぐびりと飲《や》った。「ああ、この男は、故郷を捨てんだべなあ、とな」

「彰男さんがですか？」

「ああ、うちのせがれがここを出て行くときと同じ顔をしとった。妙にうれしそうでな。ついにその日がきた、という顔をしとった」

文哉には信じがたかった。

「――で、どちらが先に降りたんですか？」

「やつさ」

幸吉は答えた。

「どこの駅でしたか？」

「駅？　さあ、どこだったかなあ」

乗り合わせた内房線快速電車、駅の名前は覚えていなかったが、彰男が席を立ってからしばらくして窓の外が暗くなった、つまり地下路線に潜ったことを幸吉は記憶していた。

だとすれば――。

別れ際、彰男は、自分に会ったことは内緒にしてほしいと、幸吉に伝えたらしい。

「んで、畑のほうはどうだ？」

幸吉は話題を変えた。結局、自分の東京での用事についてはなにも話さなかった。

幸吉の言う畑とは、文哉が任された、この先の山裾の畑のことだ。

昨日訪れた際、何者かによって畑が荒らされていた件を文哉は話した。

「不思議なのは、根もと近くまで掘られてたんですが、トマトは生《な》ってました」

「──やはり出よったか」

「というと？」

「そりゃあ、あいつだ」

幸吉は断定した。

「あいつですか」

文哉は確信があったわけではないが、承知しているようにくり返した。

「ビワもずいぶんやられた」

「え？　ビワって、地面よりかなり高い位置に生りますよね」

自分の想像とはちがう動物なのかと戸惑った。

「ビワは本来高くのばさず、収穫しやすいように枝を低く育てる。低い位置に生るものはやられる。あいつは、おそらく後ろ脚で立つんじゃねえか。そうとしか思えねえ位置のをやられたこともある。いちばんの問題は、あいつがビワの根もとを掘り起こすことだべ。それに、低い枝にのしかかり、折っちまうのさ」

「なるほど、そういうことですか」

「この台風で、おそらくどこのビワ山も荒れ放題だ。まずは山への道が倒木で塞がれとる。傷んだビワの木も少なくねえ。山に入る人間がますます減り、そこへ、あいつらが押し寄せたら、それこそこのあたりのビワ農家は死活問題だっぺ。おれのビワ山にしたって……」

そこまで口にした幸吉は、急になにかを思い出したように黙りこんでしまった。

「だいじょうぶですよ。もうすぐ電気も通るし、道路だって直してくれますよ」

文哉は元気づけるつもりだった。

「ものには順番ってもんがある。こっちに家があんのは、おれと山野井んとこくらいのもんだ。ほかは通いだ。甘い考えは最初から持つもんじゃねえ。期待すっから、裏切られたと思うんだべ。ほかにも困ってるもんはたくさんおる」

「そんな……」

「ここには助けなんて来ねえ。そんなことはわかっとる。待っていてもしかたねえ」

「じゃあ？」

「あいつのことにしたって、そうだべ」

幸吉が話をもどした。

「どうすれば被害を防げるんですかね。やっぱり、新たに柵とかつくるしかないですか？」

すると、幸吉がなにかを見つけたように視線をとめ、目を細めた。

「どうだ文哉、おめえ、たまには肉食いたかねえか？」

「肉ですか？　そりゃあ、食いたいですよ。こないだ畑で思わず『肉が食いてぇー』って叫んだくらいですから。でも、今は非常時ですからね」

「あん男を呼ぶしかねえな」

「あん男って？」

文哉は聞き返した。

幸吉は酒で濡れた唇を舌で舐め、ちいさくうなずいただけだった。

その夜、文哉は寝る前にトイレに行き、幸吉からやんわりと行かないように釘を刺された奥の間に足を踏み入れた。

理由を知りたかったのだ。

――と、暗闇で床板が大きくたわみ、ミシッと音を立てた。

かなり床が傷んでいるらしい。おそらく台風というより、床板自体の経年劣化が原因だろう。

そういうことか、と思い、忍び足でその場を立ち去った。

翌朝、幸吉に見送られ、文哉はビワ山を下りた。

その際、幸吉から言われた。

「いいか、里へ下りたら、よく見ておけ。こういうときに、だれが頼りになって、だれがならんのか」

20

陸稲を干してからの数日は、和海が言ったように、危険が伴う作業が続いた。一階ならまだしも、屋根の飛んだ二階にブルーシートを張るとなるとそれこそ足がすくむ。文哉はおっかなびっくりだった。

「こいつは、海とは勝手がちがうべ」

持ち船の底に穴が空き、漁に出られず手伝ってもらっている秀次などは、梁から降りられなくなる始末だ。

それに比べて和海は、スタスタと梁の上を地下足袋で歩いていく。まるで波に乗っているときにロングボードのノーズに向かうウオーキングのような感じだ。

結局文哉は、自分の家、さらに管理している別荘を後まわしにした。近隣の住民の壊れた屋根にブルーシートを張る作業をまずは和海たちと共に行った。それが最も優先すべきことだと判断したからだ。

その後、別荘の屋根にも取りかかったものの、作業は難航した。

まさに高所での慣れない作業は命がけだった。ブルーシートを張る作業中に、七十代の男性が屋根から落ちて入院したという話を聞いた。なぜ七十を過ぎてまで屋根に上らなければならなかったのか。金を払ってだれかに頼めばいいじゃないか、と思うかもしれない。しかし物事はそれほど単純ではない。すべてが金で解決できるわけでもない。

何軒もの順番待ち。料金の高騰。相談相手の不在。さらに家を傷める雨の予報。冬になると東北で雪下ろしの際に高齢者が亡くなるニュースを目にするが、同じことのような気がした。要するにその年になっても自分でなんとかしようとするのだ。一刻も早くやるしかないから。自分の家を守りたいがために。

台風から五日後、スマホが使える木更津《きさらづ》近くまで軽トラックで出て、別荘のオーナーに電話をし、各家の被害状況の説明をした。ほとんどのオーナーが、こちらの台風の被害状況をつかんでいなかった。まるで自分が陸の孤島にでも住んでいるような気がした。

「なんだって、屋根が飛んだ？　どこの？」

オーナーのひとり、親から別荘を相続した植草は電話の途中で怒り出した。

「うちの？　だったら、なんでもっと早く連絡しないんだ！」

「ですから、電波が――」

「修理の手配は？　見積もりは？　いつ直るんだ？」

「ブルーシートはなんとか張り終わりました」

「ブルーシート？　なにふざけたこと言ってんだ」

「あくまで応急処置です。今、こちらでは、ブルーシートすら張れない家がたくさんあるんです。水道は使えるようになりましたが、未だ電気は通ってない状況です」

「だったら、さっさとプロの業者に頼めばいいだろ、業者に」

「ですから、今はそういう状況ではなくて……」

文哉の脳裏に、昨日の光景が浮かんだ。

台風被害により発生した瓦礫や使えなくなった家財を積んだ車の行列が、ゴミの仮置き場まで延々と続いていた。三時間かかった。それでもゴミで埋め尽くされた役所の駐車場まで軽トラックで三往復した。それで一日が終わってしまった。

信号が止まっているなか、譲り合って通行する車や人。押し黙り、やり場のない怒りを抑え、ただ待つことしかできない人たち。あるものを分け合い、それでも遠慮する人たち。

——それに比べて……。

植草は言いたいことをしゃべり続けている。

「——おい」

思わず、文哉は口を挟んだ。

「あ、今なんて？」

植草は怪訝《けげん》な声を出した。

「だったらな」

文哉は言い放った。「今すぐこっちに来い。どういう状況なのか自分の目で確かめろ」

「な、なんだと？」

植草の声が甲高くなる。

「あんたの家だろ？」

文哉は言ってしまった。

これで植草邸との契約は解約されるだろう。それでもかまわなかった。

「こっちは金を払ってんだぞ。おまえ、だれにものを言ってるつもりなんだ」

——金か。

文哉はあからさまにため息をついた。

短い沈黙のあと、舌打ちが聞こえた。

「もういい。とにかく、おれの家をいちばんに直せ。こっちは忙しいんだ！」

植草が怒鳴ると、通話は切れた。

軽トラックの運転席の文哉は、しばらく動けずにいた。

自分のわるいクセが出てしまった。顧客に対してとる態度ではなかった。わかっている。これまでも短気を起こし、何度も物事を放り投げてきた。

——今だってそうだ。

ほんとうは逃げ出したいくらいだ。

けど、それだけはやっちゃいけない。

くり返してはいけない。

自分に言い聞かせた。

なんとか頭を冷やし、気をとり直してから、六十代後半の東さんに電話をした。

通話中、この夏も文哉が散歩に連れていった、よく吠《ほ》えるビーグル犬の鳴き声が聞こえていた。夫の定年退職と同時に熟年離婚した東さんは、いつもひとりで別荘を訪れる。お金に困っていないそぶりではあるが、被害の状況を伝えると少なからず動揺していた。

「台風、そんなにひどかったの？　知らなかったわ。だってニュースでも詳しくはやってないし」

「どうやら、そうみたいですね」

落ち着いてもらうため、相手の話に相づちを打ち、ゆっくり話すことを心がけた。

東さん以外の家にも大きな被害が出ている事実を伝えた。

「紅葉の季節には行けるかしらね？」

文哉は返事ができなかった。

続いて、東さんの紹介で契約に至った稲垣さんに連絡。東京で働く四十代の独身OLは、ロッジ風の別荘を手に入れてまだ三年目。仕事中なのか、「ごめんなさい、すぐには行けそうもないんです」と声をひそめた。

応急処置だけを済ませたことを告げ、早めに通話を終えた。

そして、この夏には所有するボートに文哉がクルーとして何度か乗せてもらった、寺島の携帯電話にかけた。

「おお、文哉君、連絡待ってたぞ」

開口一番寺島は言い、「大変だったな」とねぎらいの言葉をかけてくれた。

そんな寺島には、残念な報告をしなければならなかった。寺島邸は、管理している別荘のなかで最もひどい被害状況にある。文哉は感情を抑え、寺島に事実を伝えた。

寺島は最後まで静かに聞いてくれた。

「――そうか、屋根をやられたか」

「ええ、残念ですが、二階の屋根がすべて剝がれてしまって」

「全部かい、そいつは厳しいな」

「階段を伝って、一階にもかなり雨が入っています」

「応急処置とかは？」

「カズさんとブルーシートを張ろうとしたんですが、柱の一部がシロアリにやられていて、これ以上作業を続けるのは危険だと、私が判断しました」

「シロアリが？　そんな高くまで」

「はい、写真を撮っておきました。すでに食い荒らされたあとのようで、シロアリ自体は見かけませんでした」

「だとすれば、電化製品もほぼ全滅だね」

文哉は不確かなことは口にしないことにした。

短い沈黙のあと、「それじゃあ、近いうちに行くことにするよ」と寺島は意気消沈した声で言った。

「はい。ただ、泊まるのはむずかしいかと」

「そういう状況なんだね」

「地元の宿泊施設も多くが被災して、休業のところがほとんどです」

「文哉君はどうしてるの？」

「うちも屋根が一部飛びまして、今は庭でテントを張って生活しています」

「そりゃあ大変だ」

寺島の声が沈んだ。「ところで、永井さんの邸はどうなの？」

「屋根については問題なさそうですが、詳しくはまだわかりません」

「被害が大きくなければいいね。永井さんには連絡は？」

「これからです」

「やっぱり、なるべく早く行くことにするよ」

寺島は早口になった。「なにか必要なものは？」

「無理しないでください」

「いや、無理しなくちゃ。だっておれの別荘だもん。おれの家だもん」

寺島の言葉に、文哉は思わずうつむいた。

寺島が別荘を建てたのは、今からおよそ三十年前だと聞いていた。大学を出てすぐに結婚した寺島は、アパート暮らしをしながらサラリーマンを続け、まず土地だけをこの地に購入した。その後、会社を辞めて独立した寺島は休む間もなく働き続け、土地を購入した約十年後に別荘を建てた。とはいえ、当時はまだアパート暮らしだったと笑って話してくれた。

よほどこの地が気に入り、別荘にも愛着を持っていたのだろう。それだけに、無残な姿となってしまった邸をできれば見せたくなかった。

と同時に、彼が言うように、だからこそ見るべきなのかもしれなかった。

「遠慮なく言って、なにが必要？」

「そうですね、ブルーシートが足りません。役所から支給されましたが、小さいのじゃだめなんです。大きくて厚みのあるのが必要です。それから、シートを留める傘釘と土嚢袋、それにロープと紐を」

「ほかには、食料とかは？」

「じゃあ、氷を持ってきてください」

「――氷？」

「ええ、冷蔵庫が使えないんで」

「そうか、そういやあ冷蔵庫のもの、どうなってる？　なんとかしなくちゃな」

「それもあります」

「みんな使ってくれよ。おれの家にあるものはなんでも」

寺島の懇願するような声に、文哉は涙をこらえ、うなずくことしかできなかった。

「そうだ、うちのガレージに発電機がある。あれを使え」

「それは助かります。なにしろ、スマホの充電にも、車のエンジンをまわしてるくらいですから」

「食べ物は？」

一瞬考えたが、「それはなんとかします」と答えた。

寺島との通話を切り、大きく伸びをした。気持ちが少しだけ楽になった。

そして、永井さんの番号にかけた。

だが、何度かけてもつながらなかった。

21

寺島邸のガレージから持ち出した発電機は、その日からおおいに活躍した。

発電機を託した和海が、まずは実家の風呂の湯沸かし器に通電し、プロパンガスで風呂を沸かすことに成功した。近隣の家をまわり、ひとり暮らしの高齢者に声をかけ、多くの人がひさしぶりに風呂に入ることができた。

その後、文哉の家に発電機がもどると、発電機につないだ充電器でスマホを充電しに来る人があとを絶たなかった。

文哉は自分の判断で、管理している別荘の冷蔵庫やキッチンにある使える食料を持ち出し、近隣の人に分けてもらうよう、中瀬に頼んだ。寺島には了解をもらっていたが、その他のオーナーには事後報告にした。

連絡した二日後にやって来た寺島から、その役目は自分が引き受けると言ってもらった。寺島は建物の応急処置に使う道具や資材を車にめいっぱい積んでやって来た。大型のクーラーボックス三つには、リクエストした氷がたくさん詰めこまれていた。

仕事を終えた和海が、その氷でかき氷をつくってやろうと言いだし、近所の子供を集めた。中瀬や凪子もやって来て、和海と文哉に加わり、代わる代わる何杯ものかき氷をせっせとつくってやった。かき氷のシロップは、民泊した客が残していったと思《おぼ》しき品を、植草邸の冷蔵庫から拝借してきた。

子供たちのうれしそうな顔を眺め、大人たちもいっとき幸せそうな顔をしていた。

夕暮れが近づくと、文哉は凪子たちと一緒に新港まで散歩に足を延ばした。

港のスロープには、大きな漁船が横倒しになったままだった。港内に溜まった台風による漂流物のせいで、船が出せないと聞いていた。陸揚げされていた船にも多くの被害が出て、廃船となったものもあるらしい。ほとんどの港の施設の屋根がなかった。

どこからか集まってきた猫に、子供が持っていたパンをちぎってあげていた。小さな子猫もいた。

エサを与えてはいけない、とは言えなかった。

猫の声が弱々しい。彼らにしても食べるものが不足しているのだ。いつもなら漁師や釣り人から分け前をもらっていたのかもしれない。

――と、そのとき、なにかの影が地面を走った。

文哉はとっさに身をかがめ、頭を両手で守った。

「あっ」

凪子の声がした。

目の前にいた子猫がいなくなっている。

――トンビだ。

子猫をつかんで海へ飛び去った。

「おい！」

思わず文哉は叫んだ。

するとトンビは沖で、子猫を放したではないか。

「なにやってんだ？」

文哉はつぶやいた。「ふざけやがって」

しばらくしてトンビは急降下し、子猫をつかみ上げ、今度は山へと向かった。

文哉の足に別の猫がからだをこすりつけてきた。

「トンビはね、ああやって、生きた獲物を海に落とすの。それで溺れさせて、動かなくなると山へ持ち帰るの」

凪子が淡々とした調子で教えてくれた。

「――なんてやつなんだ」

文哉は今までにない敵意をトンビに対してもった。

「カラスはね」

と凪子が続けた。「なにかが死にそうなとき、死んだときに、仲間と集まってくるの。トンビの獲物をカラスが横取りし、それを今度はカモメが奪い去るの」

「なんだよ、それ」

文哉は急に悲しくなった。

「台風の前に十二匹いた猫が、今日で七匹になっちゃった」

凪子は感情を殺したような声で言った。

子供たちは気づかなかったのか、なにもなかったように生き残った猫の背中を撫でていた。

22

台風から十日後、再びビワ山を訪れたところ、幸吉は寝こんでいた。

「ちょっとばかり、はりきりすぎた」

悔しそうに苦笑いを見せた幸吉は、痛む膝をかばい、腰にきてしまったそうだ。

陸稲の脱穀の方法を尋ねたところ、土蔵に道具があると言われた。幸吉の先祖は、田んぼもやっていたらしい。その当時の道具だという。かなり古そうだ。

「たいした量じゃねえからな。昔のやり方でやってみ」

「そうですね、それもおもしろそうです」

脱穀に使う道具の形状を幸吉から聞き出し、土蔵へ向かった。

蔵の入口にあった例のウサギらしい骨はかたづけられていた。代わりに、毒々しい色のムカデが同じ地面を悠然と横断していく。文哉はしばらく立ち止まった。

よく見たところ、土蔵の屋根や外壁がところどころ傷んでいた。

薄暗い蔵の一階には、リヤカーや一輪車、草刈り機、収穫用の黄色いコンテナ、なぜか二槽式の洗濯機など、比較的最近まで使われていたと思われるものが並んでいた。

古い物は二階にあるらしいので、ハシゴのような階段をおそるおそる上ると、半分扉の壊れた窓から光が差している。その光の帯のなかできらきらと塵《ちり》が光っていた。見上げるとここにも見事な太い梁が通っている。

埃《ほこり》の積もった板敷きの床の上をそろりそろりと歩いていく。踏み抜いたら、ただではすまない。

二階はかたづけられていた。昔使っていたのか、収穫用らしき竹で編まれた籠が棚に積まれている。分銅を使う秤《はかり》もあった。古びた農具が並ぶなか、それを見つけた。ひと目でわかったのは、形状がかなり特殊だからだ。何本もの長く鋭い歯が並んでいて、見方によれば、拷問の道具に見えなくもない。かなり錆びていた。

両手で抱え、もどろうとした際、足もとになにかが落ちているのに気づいた。

「これですよね、〝千歯扱《せんばこ》き〟というのは？」

文哉が尋ねると、「おう、あったべ」と幸吉がうなずいた。

「ええ、それからこれ、拾ったんですけど？」

「ん、鉈か？」

「かなり錆びてますね」

「その刃のかたちは、おれのじゃねえな」

「使わせてもらっていいですか？」

「使えそうか？」

「はい」

「好きにしな」

幸吉は口もとをゆるめた。

〝千歯扱き〟の鉄の歯の隙間に、干した陸稲の穂先を差し入れ、手前に引く。籾だけがとれずに、穂先も混ざってしまう場合があり、引く強さや角度を変えて試してみた。うまくいくと、おもしろいように籾がとれた。

千歯扱きによる脱穀が終わると、次はいよいよ籾摺《もみす》りだ。

幸吉の家の蔵には、籾摺り機も、籾摺り臼もなかったため、昔正月に餅をついていたという臼で代用した。そもそも文哉は初めての経験のため、どんなやり方で籾摺りをしようと不満はなかった。

籾の皮がむけ、一粒ひとつぶが玄米となっていく。その瞬間がたまらなくうれしく、楽しかった。

なにしろ、初めて自分で育てたコメなのだ。

「東南アジアの一部やアフリカあたりじゃあ、今もそのやり方だって話だぜ。せいぜいがんばれ」

縁側から幸吉に声をかけられた。

まずは茶碗一杯分くらいの玄米ができあがった。

色は当然白くはない。でもその飴《あめ》色のような自然な色と艶が美しく見えた。

「どうでしょう?」

お椀《わん》に溜まった陸稲の玄米を幸吉に見せた。

「──ふむ」

幸吉がコメを指でつまむ。

「乾燥の具合かもしれんが、砕けたコメが少々混じってるな。こりゃあ、籾摺りの加減も関係するだろう。でもまあ、砕けたコメも食えっから、てめえで食う分には問題なかろう」

「なるほど、そこは工夫の余地ありですね」

「いいじゃねえか、これはこれで立派なコメさ」

幸吉が目を細めた。「ようやった」

「ありがとうございます」

文哉は胸が熱くなった。「すげえ、うれしいです」

「まずは自分で食ってみることだな」

「はい、そうします」

文哉は休めていた手を再び動かした。

へとへとになりながら玄米に仕上げた陸稲を持ち帰る途中、和海の実家へ寄った。

ちょうど和海が帰っていたため、凪子も誘い、家で陸稲の試食をすることにした。

炊き上がった玄米のままの陸稲は、たしかに身割れしているものもあったが、香りが強く、ほおばると水稲の白米とはまたちがう食感と味わいがあった。

「——おいしい」

凪子が言ってくれた。

「まあ、もっちりして、これはこれでいいんじゃねえか」

一緒に籾をまいた和海も満足そうだ。

そこへ、宿泊先をなんとか確保し、こちらに滞在している寺島がやって来た。被災した別荘を目の当たりにした寺島は、さすがに気落ちした様子だった。

凪子が陸稲の握り飯をひとつ皿に載せて出すと、「ほおー、これがオカボってやつですか」と寺島はつぶやき、腹が空《す》いていたのか、さっそくほおばった。

「うん、うん、おー、うん」

暗い表情をしがちだった寺島の顔に笑みが浮かんだ。「コメだね、これはほんとのコメだ」

「おう、うまそうな握り飯だな」

サンダル履きで顔を出したのは中瀬だ。手にはなにやらお裾分けの品を提げている。

「ご馳走《ちそう》しますよ、おれがつくったオカボです」

「できたんか？　ついに」

「はい、できました」

文哉は胸を張り、凪子に手伝ってもらい、その日、玄米にしたすべての陸稲を炊くことにした。

「いいのかよ、文哉。自分で食うためのコメだろうが」

和海がわざわざ台所までやって来た。

「いいんです。まだ籾の状態で残ってますし、来年もつくります」

炊いた陸稲で握り飯をせっせと握った。

「おう、こりゃあうまい塩むすびだ」

閑散とした被災地に楽しげな声が響き、その声に誘われ、近所の人が集まってきた。

「こいつはいいかもな、ほら、健康志向の人なんかに受けるんじゃねえか」

中瀬が大きな声を出す。

「いや、これは文哉が自分の食いぶちとして育てたわけで――」

和海が言いかけると、「私、買います。永井さんもきっとほしがると思うよ」と寺島が手を挙げ口を挟んだ。「オカボって、あまりお目にかかれない。文哉君がつくったとなれば、安心できるし」

「けどもよ、いくらなんでも鴨川《かもがわ》あたりの長狭米《ながさ》にはかなわねえだろ」

今日も手伝ってくれた秀次の言葉に、「あんた、社長さんがつくったおコメだよ。余計なこと言うんでねえの」と波乃が言い返し、笑いが起きた。

「──文哉君はすごいな」

寺島がしみじみとした声で言った。

「え？」

「芳雄さんが生きてたら、きっと喜んだと思う。こんなときに、みんなを笑わせ、勇気づけてる。さぞ誇りに思っただろうよ」

「いえ、そんな」

文哉は笑い返した。

「ごちそうさま、おいしかった」

寺島が両手を合わせ、頭を下げた。

海に夕陽《ゆうひ》が沈もうとしている。

この家から夕陽を見るのは、ひさしぶりのような気がした。

そして、こんなふうに、みんなの笑顔を間近に見るのも。

23

南房総に甚大な被害をもたらした台風から約一ヶ月後、十月に入って、またしても台風が関東地方を通過した。せっかく張ったブルーシートが飛ばされ、記録的な大雨により、さらに被害が広がってしまった。

心が折れそうになる。

実際、あきらめの言葉を吐く者もいた。

それでもようやく電気が復旧し、インターネットやスマホも使えるようになった。当初の見込みに比べ、あまりにも遅い復旧だったが、文哉は安堵《あんど》した。

美晴からは、〝なんで連絡くれないの？　心配してるのよ〟というメールが届いていた。

そのメールの数日前、〝台風大変だったみたいね。だいじょうぶ？〟とあり、〝そうそう、大学時代の友人だった都倉《とくら》君、そっちに行って文哉に会いたいって、メールがきてたよ〟と書かれていた。

――友人？

文哉はやれやれとため息をついた。

夕方、中瀬が家にやって来た。

庭のテーブル席につくなり、「はあー」と大きなため息をつく。

「どうしました?」

夕飯の準備をしていた文哉は手を休めた。

「あのバカ、なにやってんだ。帰ってきもしねえ、連絡もよこさねえ」

すぐに彰男のことだとわかった。

「そういえば、彰男さんが上京した日、幸吉さんが見かけたそうですよ」

「どこで?」

「東京へ向かう内房線の車内です。あの日、幸吉さんも上京したそうですから」

「そんな話、聞いてねえぞ」

「いや、おれも詳しくは……」

文哉は首をひねってみせた。

「それがよ、大変らしいんだわ」

どこも大変なのだが、話を聞いた。

中瀬が言うには、ビワ農家である彰男の実家、山野井農園では、台風による二次被害が起きているという。倒木により狭い農道が塞がれただけでなく、農園を囲った柵にまで被害が及んでいるそうだ。

「柵が壊れちまってよ、山から下りてくるってんだ」

中瀬は渋い顔で首を横に振った。

「でも今は、ビワの時期じゃないですよね？」

「ああ、おれもそう思った。ちがうんだよ、あいつらはビワの実が目当てじゃなくて、畑に入ってくると、そこらじゅうを掘り起こす、あのデカい鼻でもってよ」

「あいつらって、イノシシですよね？」

文哉はこのところ里にも出没している噂《うわさ》が絶えない獣の名を口にした。

「そうよ。こないだは、ばあさんに向かってきたらしい」

「そんなに凶暴なんですか？」

「人間見たって、逃げねえってんだかんな。台風でやられて、次はイノシシ。このまんまじゃ、離農するもんも出てくるだろうって話だ。なんてったって、みんな年だかんな」

「やはり、イノシシですか……」

「うーん、どうしたもんかなあー」

中瀬の語尾がため息になる。

文哉は幸吉とのやりとりを思い出していた。

「ああ、それから今さっき、県道から入ったビワ山へ向かう道で見かけたんだけどもよ、若いあんちゃんの車が道路の側溝に落ちてやがったよ」

「――え？」

「見かけねえ、品川《しながわ》ナンバーの赤いクーペ。ざまあねえよな」

中瀬は笑うと、もう一度大きなため息をついた。

そんなことより山野井農園のことが気になる。

こんなとき、彰男がいてくれれば。おそらく彰男の母、信子《のぶこ》はそう思っているにちがいない。

仲のよくなかった父親はどう思っているのだろう。

ポケットのスマホが震えた。

見知らぬ番号からだった。

「――はい？」

「あ、緒方文哉君の携帯でしょうか？」

「失礼ですが、どちらさまですか？」

「都倉。大学時代の」

当然覚えてるだろ、と言わんばかりの口調だ。

「ああ……」

文哉の相づちは、限りなくため息に近くなった。

「じつは今さ、近くまで来たもんだから。いや、それにしても今回の台風、大変だったみたいね。僕、今はフリーだからさ、なにか力になれればと思って。もちろん、文哉の話も聞きたいし」

都倉はなれなれしく名前で呼んだ。

「なにもお構いできませんよ」

文哉は少し考えてから答えた。

「もちろん、そのつもりできたから」

戸惑ったが、会うしかなさそうだ。

「それでさ、道に迷っちゃってさ、えらく山のなかなんだけど……」

「迎えに行くよ。品川ナンバーの赤いクーペだろ？」

「え、なんでわかったの？」

「ここは田舎だからね、すぐに伝わってくる。脱輪したのは前輪だけ？」

「ははっ、驚いたな。じつはそうなんだ。ロードサービスを呼ぼうと思ったんだけど……」

今度はわかるようにため息をついた。

電話での会話を聞いていた中瀬が「友だちだったのか」と言ったので、「いえ、ただの知り合いです」と文哉はきっぱり否定した。

24

中瀬との話を切り上げ、作業着姿のまま文哉は軽トラックで現場へ向かった。

ひさしぶりに再会した都倉はまじまじと文哉に視線を送ってきた。おそらく社長となった文哉が、もっと見栄えのする車や服装で現れるとでも思っていたのだろう。

もっとも、驚いたのは文哉も同じだった。

車の前輪を側溝に落とし、その脇に悄然《しょうぜん》と立っている都倉を見たとき、別人かと思った。それほどまでに、学生時代から彼の風貌は変わっていた。

長髪だった髪型は短く刈り上げられていた。しかもごま塩頭で生え際がかなり後退している。明らかに痩せた。法衣《ほうえ》を纏《まと》って鈴でも鳴らして立っていれば、東京の繁華街にでも出没しそうな偽の托鉢僧《たくはつそう》のようでもあった。実際には、白のドレスシャツにコットンのパンツ、房飾りのついた革靴を履いていたわけだが。

「やあ、ひさしぶり」

都倉は右手を上げた。

愛想笑いのような力のない表情は、あるいは失望を表していたのかもしれない。顔立ちはあいかわらずの男前だが、精彩を欠いていた。こんなときだけに、力になってくれればと少々期待をしていたのだが……。

荷台に積んできた鉄板とブロックを使って、タイヤを道路にもどした。

「おかげで助かったよ」

恐縮する都倉だったが、側溝に落ちた際についた車体の傷をやけに気にしていた。

「じゃあ」と言って別れたいところだが、そうもいかず、家まで軽トラックで先導した。すでに午後七時をまわっている。

縦列駐車した赤いクーペから庭に降り立ったかつての優等生は、被災した我が家をぼんやり見つめていた。

「まあ、上がって」

亡き父が書斎にしていた奥の洋間に案内した。最も風雨の被害が少なかったからだ。文哉はすでにテント生活を切り上げ、そこで寝起きしてもいる。

「こりゃ、ひどい」

玄関から風呂場の前に差しかかり、都倉が見上げた。「屋根がないじゃないか」

「ああ、でもうちなんか、まだましなほうさ」

「なんか、かび臭くないか？」

昔と変わらず、率直な物言いだ。

「畳がやられてる」

「そうか、そういうものか……」

都倉は自分に言い聞かせるようにつぶやいた。

我が家の応急処置を後まわしにした影響も少なからずあっただろう。だが、今となってはしかたない。

「あ、そうだった」

車にもどった都倉は、「これ、つまらないもんだけど」と言って、手に提げた袋を差し出した。

中身を確認すると、菓子折だ。たしかに、今の文哉にとっては正直「つまらないもの」に見えてしまった。

「夕飯にするけど、どうする？」

「わるいね、昼食べてなくてさ」

都倉は腹をひっこめ、すまなそうにした。

――おいおい食べていくのかよ。

文哉は一瞬思ったが、都倉はここへ来てくれた。

姉の宏美は、連絡すら寄こさない。

美晴だって仕事が忙しいのか来られない。

別荘のオーナーの多くにしてもそうだ。

それなのにこの男はわざわざやって来た。そのことは認めるべきかもしれない。ならば、自分なりにもてなしてやろう。

文哉は気持ちを切り変え、ごはんを炊くことにして、鍋にコメを二合入れ、かるくすすいで水に浸した。浸す時間は、いつもは一時間と決めていた。そのあいだに、風呂を沸かし、先に都倉に入ってもらおう。

「これは長くかかりそうだね」

所在なげに立っている都倉がつぶやいた。

「来るんじゃなかったと、後悔してるんじゃないか」

文哉はわざとくだけた調子で言った。「まあ、好きに座ってよ」

都倉は床にではなく、芳雄が使っていたデスクチェアを引いて座った。

「そういえば、都倉って、ずっと東京？」

「ああ、生まれが中央区なんでね」

「じゃあ、通勤も楽そうでいいね」

「会社、辞めたんだ」

「あ、そうだったたな」

「じつは二回目なんだ」

文哉は「あんでんかんでん」の店番の際に使っている丸椅子を持ってきた。

「まあ、おれも一回辞めてるけどね」

「知ってる。でも、今や社長なんだろ。すごいじゃないか」

美晴からいろいろと話を聞いてきたらしい。

「それで、会社のほうは順調なの？」

「会社って言ったって、この春にはじめたばかりだ」

「けど、勝算があったからこそ、起業したんだよね？」

「まあ、自分なりには考えがあったし、うまくいってた部分もあった。この台風が来るまではね」

文哉はわざと表情を消した。

なぜこのタイミングで都倉が現れたのか、その目的がもうひとつわからなかった。

「わるかったね」

察したのか、都倉は神妙な声で、「正直、こんなにひどい状況だとは思わなかった」と謝罪の言葉を口にした。その声色に嘘はない気がした。

「ところで、彼女は元気？」

文哉は話題を変えた。「名前忘れちゃったけど、えらく美人で清楚《せいそ》な感じの」

「彼女となら、とっくに別れたよ」

都倉は自嘲気味に顔をしかめた。「ふられた、というのが正確かな」

「そうか、お似合いのカップルだったのにな」

「そっちこそ、うまくいってるの？」

「いや、おれが突然会社を辞めて、その後は……」

文哉は弱く首を振った。

去年の夏に美晴がここに来て以来、連絡はたまに取り合っているものの、顔を合わせていなかった。

「でも、今は見直してるんじゃないのかな」

都倉の言葉に、文哉はふっと息を吐き、言おうか言うまいか迷ったことを口にした。

「じつは昨日、空き家の管理を委託されてる不動産会社の社長から連絡があったんだ。うちが任されてた空き家の多くが、この台風で被災したって。それで、これまでの管理のやり方では客も納得しないだろうって話で、契約は今月末で解除される。今通ってきた坂の途中に建っている別荘の管理が、うちのメインの仕事なんだけど、こっちも見てのとおり被害が少なくない。なかには、『もう売りたい』と言い出した人もいる。高齢の人が多いからね。もちろん直したいという人もいるわけだけど」

「だったら、それをビジネスチャンスに変えればいいじゃないか。リフォームの仲介をするなりしてさ」

同じ話を寺島からも聞かされていた。

しかし、そう簡単なことではない。

「今回思い知ったけど、残念ながらおれには地元でのコネも力もない。できるのは、せいぜい壊れた屋根にブルーシートを張るくらいなもんさ。ある人がこっちでつき合いのある大工に頼んだら、五十軒待ちと言われたそうだ。地元の元町内会長の家でさえ、一ヶ月経ってもまだそのままだからな。ブルーシートを張るのがやっとなんだ。それさえもできずに、屋根が壊れたままの家もある」

「――厳しいな」

「厳しいよ」

文哉は強がるのはよした。

「そんななか、空き巣被害が起きてる。県外から乗りこんできた業者に屋根の応急処置を頼んだら、法外な値段の請求を受けたなんてケースもあるみたいだ」

「人の弱みにつけこむとは……」

都倉はつぶやくと、ため息をついた。

都倉には先に風呂に入ってもらい、夕食の準備をすませた。

「なにもないけど」

文哉は卓袱台に食事を運んだ。

自分で籾摺りまでした陸稲は残っているが、都会暮らしの長い都倉の口には合うまいと思い、買い置きの精米にした。

「おっ、このにおいって――」

都倉が髪を拭きながら、鼻をひくつかせる。

部屋には醤油と砂糖の焦げる香ばしい香りが漂っていた。

「今夜はすき焼きにした」

文哉が言うと、「さすが社長、豪勢だなあ」と都倉はうれしそうに目を見開いた。

「ただし、肉と生卵はナシだけどな」

「――え？」

文哉はフライパンのまま、幸吉に教わった〝ナスのすき焼き〟を卓袱台に出した。ナスだけでなく、自分で育てたトマトも追加した。

苦笑いを浮かべながら箸を取った都倉だが、味のしみたナスを黙って口に運ぶと、

「へえー、うまいもんだなあ」とつぶやき、ここへ来て初めて笑顔を見せた。

「おれが育てたナスとトマトだ」

「そうか、畑をやってるのか」

「まあね」

「そういえば、東京の料理屋で〝トマトすき焼き〟ってのを昔食べたな。肉も入ってたけど」

「おれはこっちに来て覚えた」

「それにまた、このコメがうまい。いい炊飯器使ってるだろ？」

「炊飯器？」

「ほら、『かまど炊き』とか『圧力IH』とか『遠赤外線』とか、そういうやつ？」

「いや、炊飯器は持ってない」

「じゃあ、専用の土鍋だな？」

「いや、これだけど」

底の焦げついたありきたりな片手鍋を見せた。

「こんな薄っぺらな鍋で？」

「そもそも都倉って、飯を炊かないのか？」

「ずっと実家住まいだったからな。就職して家を出てからは、それこそいい炊飯器を使ってたけど、このところレトルトのパックが多い」

「なるほど、レンチンごはんか」

文哉はナスと一緒に、おこげがほどよく入ったあつあつの白米をほふほふ言いながら味わった。

「なにか鍋で炊く秘訣でもあるのか？」

「そんなの、感だろ」

「カン？」

「炊いてるときのにおいとか、色艶、音、火加減とかさ。毎日やってりゃ、からだで覚える。それでも毎回、同じとはいかない」

「それって、経験による研鑽《けんさん》ってことか？」

「そんなおおげさな話じゃないよ。でもたぶん、炊飯器とか特殊な鍋とか、そういった便利な道具では必要とされないものかもしれないな」

「つまりは、感性ってことか？」

「どうかな……」

文哉は口もとをゆるめただけで答えず、「それこそ時間かもな。ひまがあれば、ごはんを一時間くらい水に浸けておいてから、炊くことができる」と言ってみた。

「そんなに長く？」

「ああ、いつもはね」

とろけかけたトマトに箸を向け、言いかけた。「最近、コメをつくってわかったんだけど」

「おいおい、ナスやトマトだけじゃなく、コメまでつくってんのか？」

「ああ、はじめた。で、稲は刈り取ってから、長時間干すわけだ。つまり、コメっていうのは、いわば〝乾物〟、保存食品なわけだ」

「まあ、そう言われれば、そうなのかな」

都倉は首をひねった。

「じゃあ、干しワカメならどうする？」

「水でもどすんだろ」

「そう、乾物は水でもどして使うよな。コメも同じさ。うまいコメを食いたきゃ、水でしっかりもどす。それがいちばんうまくコメを炊く方法じゃないか」

「つまりは、時間か。そんなひまがないから、みんな宣伝文句に躍らされて高価な炊飯器を買うってことか？」

「かもな」

「自分で会社やってて、そんなにひまなのか？」

都倉が上目遣いになった。

「ひまって言うとさ、なにか退屈なイメージがあるよね、とくに都会では。でも、ひまとひまつぶしはちがう。そもそもひまってのは、自分で自由に使える空き時間のことだろ。それがあるって、ふつうに恵まれた人生だと思うよ、おれは」

「それって要するに、ワークライフバランスのことを言ってんだよな？　うーん、でもなあ」

都倉は唸った。もうひとつ、納得できない様子だ。

「最近、山へは行ってるの？」

おまえはひまがあるのか、という意味をこめて文哉は尋ねた。

「山？　ああ、登山ね。そういえば、大学出てからは一度も登ってないな。日本百名山もまだ道半ばさ」

予想どおりの答えだった。

「都倉って、そういえば山のサークルでもレトルトをよく使ってたよな。しかも高級志向なやつ」

「まあ、便利だし、それなりにうまいからな」

都倉はフライパンに残った最後のナスを箸でさらった。

「文哉はサークルにはいつまでいたんだっけ？」

「おれは一年ももたなかった。それからテニスのサークルに入ったけど、たいして参加してない」

「なんで山やめた？」

「もともと自然が好きだったんだと思う。東京に出てくるまでは海なし県の山間部で育ったからね。けど、あのサークルの登山は、なんていうかおれにはちがった」

「ちがった？　どういうふうに？」

「みんなで一列になって山に登ったよな。予定どおりのコースをたどり、休憩をとるときは一緒に休み、スケジュールどおり行動し、決められた役割をそれぞれがこなす。動植物は見て楽しもう。けっして登山道から外れてはいけない」

「――なにが？　それが登山だし、自然を守り、事故を起こさないための山の常識だろ？」

「すまん、おれには合わなかった」

文哉は笑って応じた。「なんでやめたのか、最近になってようやくわかった」

「じゃあ、どんな登山があるっていうんだ？」

千葉には日本百名山に名を連ねる山はない。せいぜい四百メートルクラスの山しかないのだ。それでも、楽しむことはできる。

文哉は答えなかった。なぜなら、それはもはや都倉にとって「登山」とは呼べないような気がしたからだ。

おもしろくなかったのか、都倉はしばらく口を開かなかった。

「こんなときに不謹慎かもしれないけど、車に酒があるんだ」

食事のかたづけをしたあと、都倉が落ち着かない様子で言い出した。

「なんだ、べつに飲みたければ飲めばいいんじゃないか」

文哉の言葉に安心した様子の都倉は、さっそく大きなクーラーボックスを提げてきた。なかには冷えたビールをはじめ、ワイン、ウイスキー、ジン、テキーラまでそろっていた。

「ずいぶん、持ってきたんだな」

「ないと不安になる。かるい依存症かもな」

都倉は力なく笑った。

もちろん彼はここへ、ごはんの炊き方を聞きに来たのではない。そのことはわかっていた。

「最近、すごく不安なんだ」

飲みはじめると都倉はこぼした。

おれだって不安だよ、と文哉は言おうかと思ったが、やめた。

「聞いてもいいかな？」

都倉は返事を待たずに尋ねた。「そもそも、なんで会社を辞めたんだ？」

「辞めた理由？」

文哉は少し考えてから答えた。「会社がブラックだったってことはあるよ。でもいちばんは、これはおれのやりたいことじゃない、とはっきりしたことかな。むしろ、やりたくないことが多かった」

「けど、やりたいことをやって食ってる人間なんて、実際はいくらもいないだろ」

都倉の言葉に、文哉はふっと笑ってしまった。メールにもあった言葉を使ったからだ。

「なにがおかしい？」

「いや、そうじゃなくてさ。昔、同じようなことを言われたから」

「だれに？」

「――親父《おやじ》に」

「へえー、そのときどう思った？」

「おれは、受け容《い》れなかった」

「なぜ？」

「まずは、当時親父の生き方を否定してたこともある。この人のようなおもしろくなさそうな人生を自分は送りたくないって。そんな親父に言われても、鵜呑《うの》みにしたくなかったのかも」

「そうは言っても、それが現実だろ？」

「現実だとしても、それを自分自身にあてはめる必要なんてあるのかな。試しもせず、そういうものだとあきらめていたら、それこそつまらないじゃないか」

「多くの人は、そうやって生きてる」

「――知ってる」

文哉は認めた。「おれも一時はそうだった」

「食うためには、そうするしかないんだよ」

「都倉、聞いてもいいかな？」

文哉も返事を待たずに尋ねた。「本気でそう思ってるのか？」

「え？」

都倉は眉間にしわを寄せた。あまり見たことのない怪訝な表情だった。

「おれは結局逃げ出したんだと思ってる」と文哉は言った。

「それこそ、食っていけるか、不安じゃなかったのか？」

「そりゃあね。貯金があったわけじゃない。来月から収入がなくなるわけで胃が痛くなるくらい不安だったさ。朝、出社して、自分のデスクがあるだけで、どんなにありがたいことか、辞めてから思い知った。なにを言われようと勤めてさえいれば、給料がもらえるわけだろ。就業時間のあいだだけ、死んだふりをしていればいいわけだ。それで、これまでと同じように暮らしていける」

文哉は当時を思い出して続けた。「でもおれの場合、会社を辞めてすぐに親父が死んだ。それどころじゃなかったこともある」

「それがきっかけで、こっちに来たわけだよね」

「まあね。ここはおれにとって見知らぬ土地だった」

「そうか、父親の遺産を相続したことにより、今の生活が成り立っているってわけだ」

「そういう部分もあると思う」

「じゃあ、お父さんのおかげじゃないか。感謝しないと」

「感謝はしてる」

「――でも？」

都倉が聞き返した。

「おれは、親父とうまくいっていなかった。だから今は感謝してるけど、死んだから、いい人でした、みたいなことは安易に言いたくない。それに、おれと親父はちがう。父親の世代はおそらく定年をひとつの人生の区切り、あるいは目標として生きていたと思うけど、自分たちにはもはやそういう人生設計は通用しない。そうだろ？　人生百年時代と言うならなおさらだ。親父は定年間近に田舎暮らしを実現した。一方、おれは二十代ではじめた。老後の余生を送るのと、田舎で食っていくのとでは、まったく立場がちがう。でも、年をとってからじゃなく、自分は今ここで暮らし続けたいんだ」

「そうは言っても、遺産だってそれなりに遺してくれたんだろ？」

「どうかな。親父は、おれに遺そうと思って、この家を遺したわけじゃないと思う。実際、おれと姉貴はこの家を早く売ろうと考えていた。おれが親父から受け取ったものは、そういった財産とかじゃなくて、むしろ機会だったんだと思う」

「機会？」

「就職に失敗したおれは、ほぼ同時に親を失い、多くの束縛のない人生を選べた。当時のおれには、それこそひまがあった。会社を辞めたわけだから。ひまがあったからこそ、その機会を活《い》かすことができて、結果、この海が見える家を残せたんだと思う。そのひまのなかで、おれはいろんな経験ができた」

「たとえばどんな？」

「ひまさえあれば、その日、食べるものをさがすことができる。うまくいかないこともあったけど、実際にできた日もある」

「金がなくても？」

「そうだよ。それができると、すごく安心するんだ。ああ、金の心配ばかりしなくたって生きていけるんだって、思えるから」

缶ビールを飲み終えた都倉は、ウイスキーに変え、あいかわらず怪訝な目をして聞いていた。

「親父の遺した金をおれはほとんど受け取ってない。この海が見える家は、おれにとってほんとにかけがえのない住処《すみか》だよ。台風でこんなになっちゃったけどね」

「でも実際のところ、金がなければやっていけないだろ？」

「こっちに来て気づいたのは、自分はこれまでなんて無駄なことばかりしてきたんだろうって、事実だよ。多くの思いこみに縛られて生きている、そのことに気づいたんだ」

「思いこみって？」

「たとえば、都倉って風呂に入るよな？」

「もちろん、毎日入るさ」

「食事はどうだ？」

「朝昼晩、三食食べる」

「それって、どう思う？」

「どうって？」

「さっきの話と似てないか？　やりたいことをやって食ってる人間なんて、実際はいくらもいない。そういうものなんだっていう」

「え？」

「台風のあと、おれは何日も風呂に入らなかった」

「それは非常時だからだろ？」

「かもしれない。でも、こっちへ来てから、風呂に毎日は入らなくなった。その日の自分の汗のかき方なんかで、風呂に入るかどうか決めてる」

「シャワーですますのか？」

「いや、シャワーは使わない」

「シャンプーするのに必要だろ？」

「夏なら盥《たらい》一杯の水で髪の毛を洗うことができる。シャンプーはなくてもいい。やればできるのさ。今まで当たり前にしてきたことを見直したら、それでよくなった。というか、むしろ快適になった。さらにその分、金を使わず、ひまができるんだ」

「おかしいだろ、それ？」

「そもそも毎日風呂に入る根拠ってなんだ？」

「そりゃあ、からだを清潔に保ち、健康でいるためだろ。もちろん、公衆衛生とか、他人に不快感を与えないためでもある。いわばマナーだよ」

「だれが決めた？」

「常識だろ、それって」

「おれはそういうものに囚《とら》われて生きたくない」

文哉の声が大きくなった。

「それはおまえが男で、田舎で暮らしてるからだろ。いや、田舎とかじゃなく、おまえが変わってるんだ」

「そうかな?」

文哉は笑ってしまった。

「あまり人に会わない生活をしてるから成り立ってるだけだ」

「それで生活が成り立てばいいんじゃないのか? それこそ、食っていければ」

「おれはそんな暮らしを望まない」

「じゃあ、いったいなにを望んでるんだ?」

「それは――」

言葉に詰まった。

「おれは疑問に思ったんだ。今やっている仕事の経験が、本当に将来なにかに活かせるのかどうか。時間が経てば、まるで役に立たないんじゃないかって思えてきて」

都倉は会社を辞めた理由を口にした。

「都倉、おまえ、髪の毛薄くなったろ?」

文哉は別の話をはじめた。

「それがどうした?」

「たぶんそれ、シャンプーのしすぎじゃないか」

「余計なお世話だ」

都倉は疎ましげにウイスキーをあおった。やりこめようと思ったわけでもない。からかっているつもりはなかった。

文哉は静かな口調で語りかけた。

「おれがこっちへ来て覚えたことは、風呂に入れなければ、入らなければいい。その日、食うものがなければ、食わなければいい。そういうことだよ。すぐに死にやしない。その上で、食うために明日なにをやるべきか、自分の頭で真剣に考えたんだ」

「なにが？」

「なぜおれが会社を辞めて無職で、会社を辞めたおまえが社長なのか？」

「それが知りたくてここへ来たのか？」

「──わからない」

都倉は答えなかった。

結局、そういうことか、と勘ぐった。

「正直、君が社長に向いてるとは思えない」

「おれもそう思う」

「社長ってのはさ、時代を読んで、人をうまく使えなきゃ」

「たしかにな」

「おれは寝る」

都倉がトイレに立った。

「好きなように寝てくれ」

「どっちが北だ？」と都倉が尋ねた。

「こっちだけど」

文哉は、「なんで？」と尋ねた。

「北枕で寝るのは縁起がわるいだろ」

トイレからもどってきた都倉が北枕を避け、南を頭にしてマットレスにからだを横にした。

知らず知らずのうちに、都倉は縛られている。常識や体裁や周囲や、これまでの自分に。それが自分自身の弱さだと気づいていない。

後かたづけをしたあと、文哉はひさしぶりに風呂に入った。湯船から見上げると、ブルーシートの隙間から、ほのかにかすんだ月が見えた。

——これからおれはどうやって食っていこう。

考えたが、それはけっして夜空のように暗いばかりではなく、今宵《こよい》の月のようにほのかな明るささえ抱かせた。明らかな逆境に立たされながら、それがなぜなのかわからなかった。

部屋にもどると、都倉が寝返りを打った。どうやら寝つけないようだ。

文哉は、薄くなった都倉の頭とは逆を向いて寝ることにした。

つまりは北枕だ。

でも文哉にとって、どちらの方角に頭を向けて寝ようが、そんなことはどうでもいいことだった。

25

溜まっていた汚れものの洗濯をすませると、軽トラックで幸吉のビワ山へ向かった。狭い道路を寸断している倒木を撤去するためだ。

朝食を一緒にとった都倉は帰るものと思っていたら、「あんでんかんでん」に置いてある商品を眺め、いくつか質問したあと、なにか手伝えればと言い出したので連れてきた。

現場では、太いところで直径が二十センチほどある倒木が道路を横断するように横になっていた。ツル植物に巻きつかれ、弱っていたのだろう。まずは細い枝と、巻きついたツルを持参した鉈で落としていく。

「ご苦労さん」

そこへ、幸吉が顔を出した。腰と膝の具合がだいぶよくなったらしい。

「おはようございます」

文哉はからだの調子を尋ねたあと、手持ち無沙汰にしている都倉を紹介した。

「ほお、若いもんが来てくれると助かるな」

幸吉は口ではそう言ったものの、都倉の身なりをしげしげと見ていた。こんなところに房飾りのついた革靴で来ているのだから信用されるはずもない。

「そりゃあ、こないだの鉈か？」

幸吉が文哉の手もとを見ながら言った。「自分で研いだんか？」

「ええ、砥石《といし》でじっくり研ぐと、錆《さび》も落ちたし、切れ味もかなり上がりました」

「そうかい、古いがモノはよさそうだ。大事にしろ」

感心したように幸吉がうなずいた。

幸吉の蔵に落ちていた錆びついた鉈は、砥石で磨くだけでなく、ささくれていた柄、握りの部分は紙やすりで擦《こす》った。腰に下げるための鞘《さや》は、自分で木枠を組み、布地を巻きつけてつくった。別荘の見まわりや農作業中は、いつも作業袋を腰につけている。そのなかにはドライバーやペンチ、剪定用の小型バサミや植物の誘引用の麻紐などを入れている。それと一緒に、新たに鞘に入れた鉈を下げることにした。

「都倉、チェーンソーは使えるか？」

「いや、さわったことない」

「じゃあ、切り落とした枝を集めてくれ」

「――わかった」

都倉は少々不服そうながら作業用手袋をはめ直した。

文哉は地面に置いたチェーンソーのスターターロープを引き、エンジンを始動させた。

中古で購入したチェーンソーは切れ味がわるかった。和海に刃を研ぐ〝目立て〟のやり方を教えてもらい、今は比べものにならないほど、よく切れるようになった。

初めは安価な電動式のタイプに手がのびかけたが、電源がとれなければ使えず、混合ガソリンで動くエンジンを搭載した馬力のあるものにして正解だった。

文哉は枝を払った倒木を運びやすいサイズに切断していった。

エンジン音の響くなか、作業を少し離れた場所から幸吉が眺めていた。

「よし、そっちで縛ってくれ」

軽トラックの荷台の反対側にいる都倉にロープを投げ、声をかけた。

「この下のフックにかけて結べばいいんだよな」

自信なげに都倉が答えた。

「そうだよ」

文哉がうなずくと、「南京《なんきん》結びにすりゃあいい」と幸吉が横から口を出した。

「え?」

都倉が戸惑った。

「あじした? 南京結びも知らんのか?」

「それはちょっと……」

「ディガク出てんだろ?」

「大学? ええ、まあ」

「学校じゃ教えてくれんかったか?」

やりこめた幸吉がほくそ笑んだ。

都倉がばつのわるそうな顔で、荷台をまわってきた文哉にロープを渡した。

文哉は受け取ったロープで輪っかをつくり、南京結びで倒木を荷台にしっかり固定し、運転席に乗りこんだ。

「——習わなかったよな?」

助手席に座った都倉が口をとがらせた。

「冗談だから、気にすんなよ」

「おまえ、どこで習った?」

「ここで。カズさんから教えてもらった」

「カズさんって？」

「おれが世話になってる人だ」

「どんな職業？」

「便利屋だよ」

「便利屋？」

都倉は眉をひそめ、「かなりいかがわしそうな商売だな」とつぶやいた。

「あじょした？　むこうの道は？」

幸吉が運転席の窓に近づいてきた。

「むこうって、山野井農園へ行く道のことですか？」

「おうよ。彰男がいねえべ、あそこもおいねえのよ」

「おいねえ？」

都倉がつぶやく。

「よくないってこと」と文哉が耳打ちした。

彰男の実家である山野井農園には、文哉は何度も足を運んだ。去年の梅雨時、彰男の父、忠男がぎっくり腰になったとかで、和海に頼まれ、ビワの収穫の手伝いに通ったのだ。

その縁もあり、収穫の手伝いすらしない彰男の手がけるビワの葉染めやビワジャムなどを「あんでんかんでん」で取り扱うようになった。ビワ自体も別荘の管理契約者に個別に案内し、販売にも協力した。

このあたりでつくられている「房州びわ」の歴史は古く、初夏の果実の王様として人気を博してきた。皇室への献上品でもあり、贈答品として高く取引されてもいる。そこで今年、文哉がビワの仕入れを彰男経由で山野井農園に打診してもらったところ、すげなく断られてしまった。今思えば、文哉が彰男をたぶらかしたと恨まれていたからなのかもしれない。

そんなわけで正直気乗りしなかったが、「わかりました。このあと様子を見てきますよ」と文哉は言った。

「おう、それがよかっぺ」

幸吉は安心したようにうなずくと、来た道をもどりはじめた。歩き方を見ると、からだのほうは、まだ本調子ではなさそうだ。

軽トラックに回収した倒木を載せたまま、山野井農園へ向かった。

幸吉のビワ山との分かれ道を右に折れる。同じような狭い道が続く。路面の状態がわるく、かなり揺れた。

「おっと」

文哉はブレーキを強く踏んだ。

小さな土砂崩れが起きていた。

「このままじゃ通れないな」

「帰ろうか？」

都倉がつぶやいた。

「帰りたきゃ、ひとりで帰れ」

文哉は軽トラックのエンジンを切り、荷台のスコップを手にした。

「でもおれ、これだしさ」

降りてきた都倉が、うらめしそうに泥の跳ねた革靴を見下ろした。

こんなときに、そんな靴で来るやつがあるか。そう言いたかったが、口には出さなかった。

都倉は、文哉の足もとに視線を移した。

「なにを履いてるんだ？」

「地下足袋だよ」

「なんで？」

「これ、使い慣れるとすごくいいんだよ。不安定な場所でも、足の指が親指と残りの指とで二股に分かれているから、踏ん張りが利くんだ」

「だれに教えてもらった？」

「幸吉さんやカズさんが履いてたから、真似した」

「そうか、大学じゃ習わなかったもんな」

都倉はつぶやくと、土嚢袋を手に取った。

「ねえ、だれあれ？」

作業をはじめて十分ほど経ったとき、都倉が目配せした。

視線だけを動かすと、十メートルばかり先のカーブの端に老人が立っていた。

その背かっこうには見覚えがある。彰男の父、忠男だ。彰男とは対照的に、恰幅《かっぷく》がよく、威厳があった。

しばらくこっちを監視するように見ていたあと、なにも言わず、いなくなってしまった。

土砂崩れの場所を整備したあと、再び軽トラックで山野井農園の方向へ進んだ。が、すぐに今度は倒木が行く手を阻んだ。スギが二本、同じ方向に重なるようにして倒れている。一本はかなりの太さの幹をしている。

「これは厳しいでしょ」

「たしかにな」

「クレーン車でも連れてこなきゃ」

「こんな狭い道に、クレーン車が入れると思うか？」

「たしかに」

　都倉は今日早くも五回目のため息をついた。

　しかたなくUターンできる場所までバックでもどった文哉は、軽トラックで行けるところまで進み、途中で降りて、幸吉の家へ徒歩で向かった。

ビワ畑にいた幸吉を見つけ、山野井農園へはたどり着けない状況を説明した。

「向こうも同じじゃか」

　幸吉は腕を組んだ。「道が使えんと、なんもできん」

「それはそうですよね」

　とはいえ、午後から文哉は、管理している別荘のブルーシートのつけ直し作業をするつもりだった。

「ここいらのビワ農家は、やっとるのは年寄りばかりだ。山野井のとこもそうだ。うちのビワの老木が台風で折れちまったように、その年寄りたちの心も折れかねん」

「土砂崩れしてる場所を直してるときに、忠男さんが見てましたよ」

「そうか、元気にしてたか？」

「離れた場所からこっちを見てただけなんで、話はしてません」

「ふーん、あいつもな……」

幸吉は苦々しくつぶやいた。

山の奥から啄木鳥《きつつき》が幹を突っつく小気味よい音が聞こえてきた。

「ビワを一度あきらめたおれが言うのもなんだが、このまんじゃ、歴史ある房州びわが滅んじまう。ビワ山がおっ死《ち》んじまう」

幸吉はめずらしく長いため息をついてつぶやいた。

「――おいねえよ」

26

「――なあ?」

今夜も泊まっていく気らしい都倉の声がした。

「なに?」

「感じわるかったよな、あのじいさん」

「幸吉さん?」

「いや、こっちをじっと見てた人」

「ああ、あの人な。よくわからないんだ」

浴室の鏡に映った自分に向かって言った。「あの狭い道は、そもそもあの人の農園に続いてる道なんだよ。つまりおれたちは、あの人のために働いてたようなもんさ」

「なにが気に入らないんだ？」

「台風の前に、跡継ぎ息子が東京へ出たまま帰らないんだ」

「それで、なんで文哉にあんな態度とるわけ？」

「わからん」

文哉は鏡をのぞきこんだ。鱗《うろこ》のような水垢《みずあか》のせいでよく映らない。「たぶん、おれがそそのかしたとでも思ってるんだろ」

「その息子っていくつ？」

「三十過ぎ」

「なんだよそれ、ガキじゃあるまいし」

都倉が舌を鳴らした。

「ほら、こないだ見せたろ。『あんでんかんでん』で売ってる〝どかん〟。あれをつくってる彰男さんっていう人なんだ」

「ああ、あの、コットンを染めたやつ？」

「そう、実家のビワの葉を使ってね」

「どっちかっていうと、凪子ちゃんだっけ、あの子の流木やら海辺の漂流物でつくった作品におれは惹《ひ》かれるけどな」

都倉はまたため息をついた。「それにしても、なんか陰湿な感じだったなあ」

「田舎だからって、みんないい人、なんてわけない」

文哉は言ってみた。

「あたりまえだろうけど、そういうことなんだな」

「最近、少しわかってきた」

「なにが?」

「都会で生きていくためには、なによりバランスが大切だろ? 仕事だけでなく、人間関係においてもね。それはある意味、分業で成り立ってる社会だからじゃないかな。みんな空気を読んで、出る杭にならないように努める。上が右を向けば右、左を向けば左」

「田舎はちがうのか?」

「そうとは限らない気がする。こっちでは、農業や漁業で暮らしてる人も少なくない。多くは高齢者だけど、いわゆる個人事業主だ。そういう人たちは自分の身は自分で守らなければならないせいか、自己主張が強い。人としては個性的であり、ひとクセある人間が多い気がする。つまり、バランス感覚にはどこか欠けてもいる。そういう人と対する場合、いやなことはいや、ときちんと意思表示しなくちゃならない。曖昧にしてると、相手に押し通されてしまう場合もあるからね。だから、そういう環境で育ってきた地方の人間がたとえば東京へ出ていっても、うまくいくとは限らないんじゃないかな」

「バランス感覚がわるいということ？」

「かもしれない」

「じゃあ、逆に言えば、バランス感覚がわるいやつが、田舎に向いているのか？」

「必ずしもそうではないだろうけど」

「そういうもんかね」

「おれが思うに、田舎でやっていけるのは、いろいろな局面で解決能力を発揮できるタイプなんじゃないかな。都会のようになにもかもそろってるわけじゃない。金ですぐに解決できないことも多々ある」

「こっちにだって、コンビニがあるじゃないか」

「もちろん、都会化されてる部分も少なくないさ」

「そうか、南京結びができないとだめってわけだな」

都倉は、へっと笑った。

「都倉はさ、会ったことないからしかたないけど、カズさんのことバカにしてたよな」

「便利屋のカズさんか？」

「ああ。考えてみろ、便利屋、つまりは、なんでも屋を名乗れるって、すげえことだと思わないか？」

「まあ、ほんとになんでもできるんであればな」

「あの人は今とても忙しい。人のために働いてる。災害に対する備えっていうのは、物だけじゃない。ふだんから自分のスキルを磨いておくことも大切なんだって、カズさんを見ていてすごく思うんだ。ああいう人こそ、尊敬されるべきだとおれは思う」

文哉の言葉に、都倉は反応しなかった。

「なあ、さっきから、そこでなにやってんだ？」

都倉が少しいらついた様子で尋ねた。

「髪の毛切ってる」

「自分で？」

「ああ、のびたから」

「美容院とか理髪店に行かないのか？」

「最近、行ってないな。自分でなんとかなるようになったから」

都倉は少し経ってから口を開いた。

「どうかな、おまえの考え方は、都会では成立しない気がする」

なにも根拠は示さなかった。

「で、これからどうするつもりなんだ？」

缶ビールを開ける音がした。

そっちこそどうする気なんだ、と問い返したかったが、「どうかなあ。まだよくわからん」と文哉は答えた。髪と髭《ひげ》がのび、日に焼けた自分の容貌がずいぶんと野性じみて見えた。

「それでよく不安にならないな？」

「とりあえず、すぐには死なないだろうからな」

「それって、しばらくは食っていけるってこと？」

「まあ、そうだな」

文哉は、都倉がまたあの言葉を使ったことを意識した。

「貯金あるのか？」

「多少あるけど、なるべく金は使わない」

「なにやって稼ぐつもり？」

「今の仕事を続けながら、新しいことをはじめる」

「具体的には？」

「なあ、都倉は不安を解消するために生きてるのか？」

「そりゃあ、不安はないほうがいい」

「じゃあ、そのためにどうする？」

「人生百年時代だからな。とにかく早いとこ金を稼いで、その金を効率よくうまく運用して増やし、早めにリタイアして、その後は悠々自適に暮らしたい。それが本音さ」

「――そうなんだ」

「おかしいか？」

「いや、なんだか昔の世代の考えに似てるような気がする。やりたくもない仕事だろうが、自分の気持ちをごまかして定年まで勤め上げて、退職金をもらって、あとは悠々自適に年金暮らし、みたいな」

「年金には期待できない。これからは自分でそれに相当するものをプールしなくちゃ、食っていけないだろ」

よくわからなかった。

文哉は髪にスキバサミを入れながら言った。「どうもおれと都倉の『食っていく』っていう言葉には、ちがいがあるように思える」

「概念がってこと？」

「おれは、食っていくために、畑で野菜をつくったり、ときには海で釣りをしたり、潜ったりする。だれかの役に立ち、そのお礼に食べるものをいただく。金を稼ぐためだけじゃない」

「野菜をつくる？　そんなのは、おまえが好きでやってることだろ？」

「好きだよ。でも、それだけじゃない」

「野菜なんてどこにでも売ってるじゃないか。それこそ、こっちで見かけた野菜の直販所なら、百円でナスだってトマトだって買える」

「――だから？」

「そんなのは、食うためじゃない」

「いや、おれは食うためにやってる」

「野菜なんてどれも同じじゃないか。金さえ払えば手に入る」

都倉は笑った。

「おまえ、昨日食べたよな？　おれのナス。トマトも？　もう忘れちゃったのか？」

そう聞き返したが、彼にわかるはずがない。おそらく都倉にはそういった経験がないからだ。

「家庭菜園だろ？　そんなの年寄りがやりそうな趣味じゃないか。それとも農業でもはじめようって言うのか。だとしても儲《もう》からないだろ？」

「わかった、そこだな」

文哉はハサミを止めた。「金が儲かるから、おれはやるわけじゃない。やりたいことをやって、食っていければそれでいい。まずはそこが出発点だ」

「そんなのきれいごとだ」

「じゃあ、都倉にとって、食っていくってどういうこと？」

「そりゃあ、働いて金を稼ぐことに決まってるだろ。年収によって、豊かさが決まるんだ。実際、年収が増加するに従って幸福度指数が上昇する、という調査結果だってある。現実なんだよ、それが」

「すまないが、おれは都倉自身の考えを聞いてるんだ。たしかに政治家は、いつも選挙のときに、まずは経済と叫ぶ。要するに金って話だろ。でもそれで幸せな人は増えたのか？」

「ここへ来る前に調べてみたんだ。おれが住んでる中央区の平均年収は約六百八十万円。全国で第四位。対してこっちは、約二百五十万円。半分すらない」

「だから？」

「それだけ暮らしが質素って話じゃないか」

「でも、それってすごいと思わないか？　年収が半分以下で暮らしていけるんだぜ」

都倉は答えなかった。

「おれが思うに、食っていくとは、食うために働くことで、金を稼ぐことである必要なんてない。だからこそ、人の言いなりになることなんてないし、生きることを簡単にあきらめることなんてない。食うためというのは、もっと切実で根源的な行いで、あらゆる無駄を排除した上で使うべき言葉のような気がする。食うために、他人を騙したなんてのは詭弁《きべん》にすぎない。食うとは、生き残るということに近いんじゃないか。だとすれば、生き残るためになにが必要なのか、おれはそのことにこそ興味がある。だから自分が無駄だと思うことに金を使いたくない。その分働くことになるし、結局は時間の無駄になる」

「なにが言いたいんだ？」

都倉の声がとがった。

「簡単なことだよ。おれと都倉はちがう。田舎と都会もちがう。それでいい」

文哉は、それが自分の伝えられるすべてのような気がした。

都倉の声がしなくなった。

文哉は耳にかぶった髪をつかみ、その下の髪にスキバサミを入れた。自分で髪を切る際に最も守らなければならないのは、やりすぎないことだ。そうすれば、大きな失敗もない。

「野菜の直販所ってさ、野菜が驚くくらい安く売られているよな。それってなぜだと思う？」

文哉は尋ねてみた。

「なぜって、それしか価値がないからだろ」

都倉が少し間を置いて答えた。

「思ったんだけどさ、それは利益を追求してるからじゃなく、野菜をお金に換えるのが目的だからじゃないかな」

「バカげてる。なぜ利益を追求しようとしない？」

「利益を追求しないのは、よくわからないけど、お金がすべてじゃないって知ってるからじゃないか。おれは、お金を稼ぐことがわるいなんて思ってない。ただ、それを目的にしたくないだけさ。よりお金を稼ぐことよりも、よりお金を使わない暮らしのほうが、自分には合ってる」

「田舎では、か……」

都倉はつぶやくと、言い返した。「じゃあ、あの陰険なじいさんの家の跡取り息子が、東京へ出たのはどうしてなんだ？　田舎より都会がいいと思ったんじゃないのか？」

「かもしれない」

「だろ？　田舎に未来なんてない」

「どこで生きようと勝手だ。それで幸せになれるならね」

「なあ、おまえ自身はどうなりたいんだ？」

「おれ？」

文哉は左手で前髪を挟んだ。「おれは、自分で食っていけるようになりたい。かっこわるい生き方はしたくない。おれの目標は、わかりやすく言えば、自立だよ」

「自立って、してるだろ」

「いや、自立にはいろんな段階があるんだと思う。社会に出てひとり暮らしをはじめるのを自立と言うのかもしれないけど、それはスタートにすぎない」

「結婚して自分の家庭を持つとか？」

「そういう選択や段階もあるかもな」

「じゃあ、どんな？」

「たとえば結婚して子供がいても、自立できていない夫だっているだろ。家のことや、自分のことができないっていう」

「まあ、いるだろうな」

「都会と田舎では、自立の仕方がちがうような気がする。都会では、合理的に役割や仕事をシェアしての自立が成り立っている。一方、田舎では、まだまだ自分で何事もやらなければならない局面が多くなる。もちろん田舎にも都会のそういった価値観が押し寄せてきてるんだろうけど」

「それで？」

うながされ、文哉は話を続けた。

「少し前まで、おれはひとりだとさびしいというか、つまらなかった。ひとりを楽しめなかったんだ。それこそ不安になった。でもそれって、もしかしたら、楽しむことに関して自立してないのかもしれないなって、思うようになった」

「なんだそれ？」

「だれかと楽しむことも大切だけど、ひとりで楽しめることも、なんていうか、自立していればこそ、できるんじゃないかって思うんだ。自立と楽しさは比例するってね」

文哉は漠然とひとりで考えていたことを言葉にした。「おれは、自分でできることはなるべく自分でやりたいし、自分でできることをもっと増やしたい。そのほうが生きてる感じがするし、楽しいと思うんだ。人の強さって、そういうことにも顕《あらわ》れる気がする。目指すのは自立と言ったけど、今回の台風を経験して、いろんな意味でもっと強くなりたい、そう思った」

文哉はスキバサミの動きを止めた。

「――おれ、やっぱり明日帰るわ」

都倉の声がした。

「──そうか」

「残念だけど、ここにおれが求めてるものはなさそうだ。おれには田舎は合わないと思う」

「それでいいんじゃないか」

文哉は切った髪を手で払った。

「今、思い出したよ」

都倉が笑いを含んだ声で言った。「なにがきっかけだったかは忘れたけど、大学時代、文哉はサークルのメンバーに自分勝手だって批判されたことがあったよな。そしたらおまえ、他人勝手なんかより、自分勝手のほうがよっぽどいい、そう言ったんだ。みんな呆れて笑ってたよ」

「そんなことあったっけ?」

「そうだった。昔から、変わってないんだな」

この日、いちばんせつなそうなため息を都倉はついた。

文哉は風呂場の鏡に自分の顔を映し、わざと口角をつり上げるようにして笑ってみた。

前髪を少し切りすぎたような気がした。

27

十一月に入って、幸吉からその話を聞いた。

ようやくビワ山へ通じる道の倒木が片づき、幸吉の家にも山野井農園にも軽トラックが入れるようになってすぐのことだ。

「彰男の親父が動けなくなった」

「また、ぎっくり腰ですか？」

「やられたらしい」

「やられたって？」

幸吉が小さく舌を鳴らした。

「――イノシシだ」

「出たんですか？」

幸吉は不機嫌そうにうなずいた。「聞いた話じゃ、デカいのが我がもの顔で玄関先におったそうだ。ここらではちょいとばかし有名なオスでな、最近は姿を見せんかったが、台風で山の様子が変わったせいかのう、下りてきたんだべ」

「そいつにやられたんですか？」

「忠男が言っとったらしい。〝デイガクデ〟にやられたって」

「デイガクデ？」

「おうよ、賢いイノシシでな、大学を出たみてえに利口だって意味さ。だれが最初に言ったか知らんが、そういうあだ名の、いわばここいらの山のヌシだべ」

「で、そのデイガクデは、どれくらい大きいんですか？」

「聞いた話じゃ、百キロは優に超えとる」

「そんなに！」

「捕まらずに、生き抜いてるってことだべ。忠男のやつ、さぞあわてたんだろう。幸い、嚙まれてはいねえみてえだ」

幸吉は顔をしかめた。

「イノシシって嚙むんですか？」

「おとなしいって話だが、いざとなりゃ嚙むさ。怒らせっと、おっかねえ。突進してきて避《よ》けられねえと、ぶっ倒され、嚙まれる。内ももなんかを嚙まれた日にゃあ、血が止まらねえ。山んなかでそんなめにあってみろ、それこそお陀仏《だぶつ》だべ。だからひとりで山へ入るときは、余計注意が必要だわな」

「農作物を荒らすだけでなく、人にまで被害が出ると大事ですね。ここらへんの山は、熊がいないから、てっきり安全だと思ってました」

文哉は自分の認識不足を恥じた。

「いずれ、こっちにも来っぞ」

「なんとかならないんですか？」

「役所が動いているらしい。イノシシが増えすぎたんだろうな。おんだらでなんとかせねばならん」

「なにかいい手は？」

「鉄砲はもちろん、罠《わな》をかけるにも狩猟免許とやらが必要だかんな」

「自分の畑といえども、罠を仕掛けるわけにはいかないんですね？」

「あいつなら、使える」

「あいつって？」

「ほれ、おまえの親しい――」

「和海さんのことですか？」

「ああ、おれはよく知らんが、狩猟の免許にもいろいろあって、やつが持ってるのは罠のほうだ」

そんな話は初耳だった。

――さすがだな、カズさんは。

「最近はやってないんだろ。以前、頼まれた相手と一悶着《ひともんちゃく》あったらしい」

幸吉は思い出したようにつけ加えた。「農作物の被害が増えたときに、罠猟の免許を取るもんに役所が金を出した。そんときに人から頼まれ、免許を取ったんだべ。そういえば、忠男のせがれも罠の免許は持っとったはずだ」

——彰男さんも。

意外な事実に文哉は驚いた。

昼過ぎ、家にもどった文哉は、畑で収穫した野菜だけの簡単な食事をすませ、地元のイノシシ被害について調べてみた。何年か前の市の広報紙でイノシシ被害について特集していた。

その当時からイノシシ被害が多発していたことがわかる。イノシシだけでなく、シカやハクビシンなどの農作物への被害についてもあらためて知った。近年とくにイノシシの数が増え、被害が深刻化している。

雑食性であるイノシシは、山ではドングリやタケノコや山芋、ヘビ、カエル、昆虫などを食べるらしい。被害に遭う農作物としては、サツマイモ、ジャガイモ、大豆、落花生、栗《くり》、ミカン、そしてビワなどが挙がっていた。

意外だったのは、水稲に大きな被害が出ていることだ。イノシシには、からだについた汚れやダニなどの寄生虫を落としたり、体温を下げたりするために、泥浴びをする習性があり、それを水田でやられた日には、コメが売り物にならなくなるらしい。

　また、畑における掘り起こしの被害が出るのは、ミミズが好物だからとは意外だった。

　それにしても雑食性であり、本来は臆病な動物とされているイノシシが、なぜ忠男にケガを負わせることになったのか、もうひとつよくわからない。

　今年は、台風により多くの農家が甚大な被害を受けた上に、獣害までもが増え続ければ、それこそ幸吉が懸念していたように、幸吉をはじめとした高齢農家の気持ちが折れてしまいかねない。房州びわの歴史が近い将来閉じてしまう恐れさえある。

　その年の市内でのイノシシの年間捕獲頭数は約三千頭。それに対して、有害鳥獣の捕獲従事者数は市内に約三百人と資料にはあった。

　和海に電話をかけ、用件をかいつまんで話した上で、イノシシの獣害について尋ねてみた。

「捕獲従事者ってのは、おそらく狩猟の免許を持っていて、有害鳥獣の捕獲許可証ってやつの交付を受けた人間の数だべ。そんなかには、銃猟免許を持ってる者、罠猟免許を持ってる者、そのどっちの免許も持ってる者がいるわけだ。でもな、いろんな立場の人間がいるわけよ。約三百人が常時活動してるとは考えられん。免許を取ったところで、イノシシが獲《と》れるとはかぎらねえしな。なかには、なりたての新米もいて、まだ一頭も獲ってない初心者なんかもいるだろうよ」

「カズさんは？」

「おれは何頭か獲ったことはある。最近は登録だけでやってない」

「どうしてですか？」

「生き物が相手だかんな」

和海は多くを語ろうとしなかった。

「カズさんは、なぜ免許を取ったんですか？」

「おれの場合、それこそ飯のタネよ。イノシシの被害に困ってるもんがいて、頼まれた。で、免許が必要だったから、とりあえず取ってみたわけだ」

「なんでやめちゃったんですか？」

「そうだなあ、性に合わなかったっていうのかな」

わかったようなわからないような返事だった。

「じゃあ、今回は？」

「ご指名はありがたいけどね。正直、あまり乗り気じゃねえ」

和海の声が沈んだ。「まあおれも、忠男さんのことは知らないわけじゃない。何度か仕事ももらった。おれが受けられないときに、文哉にまわしたこともあったよな？」

「そうでしたね」

「イノシシによる人の被害の多くは年寄りだ。まあ、田舎は年寄りが多いって話でもあるけどな。彰男が東京へ行っちまって、気の毒には思う」

「そのことですけど、今になって思えば、自分にも責任があるような気がしてきて」

「なんで？」

「いや、自分が会社を立ち上げたとき、彰男さん、喜んでくれたんです。彰男さんは社員というわけじゃないけど、凪子ちゃんだって一緒に働いているわけで、そこにはやっぱり信頼関係があってこそだと思うんですよね。その信頼関係にヒビが入ったのは、彰男さんだけのせいじゃない気がして」

文哉は下腹に力をこめるようにして言った。「いちおう、おれが社長なわけで」

「そこまで責任を感じることはねえさ」

和海は「ちっ」と舌を鳴らした。「まあでも、彰男の親父がやられたわけだもんな、イノシシに」

「そうなんですよね」

「幸吉さんに負けず、むずかしいじいさんだけどな」

和海の言葉に、文哉は苦笑するしかなかった。

「とりあえず、明日見に行ってみるか」

「お願いします」

文哉はほっとして、通話を終えた。

28

ひさしぶりに訪れた彰男の実家、山野井農園はずいぶんと様変わりしていた。

以前、ビワの選果場に使っていた離れと温室のハウスがなくなっていた。

去年、収穫作業を手伝ったビワ畑の手前には、選果場のえんじ色の屋根と思しき鋼板やハウスの骨組みをはじめとした瓦礫が山になっていた。少し離れた場所に、折れたビワの幹や枝が集められている。人の気配はない。

山野井農園も幸吉のビワ山も、ビワの直販や観光農園をやるには交通の便がわるすぎる。彰男は新しいことを試みたかったのだろうが、立地としてはむずかしいと言わざるを得ない。道路は軽自動車しか入れないし、園主がイノシシにやられるほど山深いのだ。

変わっていたのは、それだけではなかった。

軽トラックの音に気づいたのか、彰男の母、信子が母屋から顔を見せた。かるく頭を下げただけで、どこか態度がよそよそしい。

「忠男さん、具合はどうかね？」

先に軽トラックを降りた和海が尋ねた。

「なんか聞いてるの？」

「いや、まあ」

和海は、遅れて降りた文哉をちらりと見た。

信子はあまり話したくなさそうだ。

母屋の玄関近くの地面がなぜか赤く見えた。よく見れば、赤いものがたくさん落ちている。

――これは？

文哉が目配せをした。

「まいたんだべ。刻んだ赤トウガラシだ。イノシシはトウガラシのにおいが苦手だって聞いたことがある」

「それで……」

「最近じゃ、木酢液《もくさくえき》をまいたり、人の髪の毛を束ねて吊したりもするらしい」

和海は小声で答えたあと、「イノシシのことで、幸吉さんに呼ばれたもんでな」と信子に向かって声を上げた。

「――はあ、そういうわけかい」

ようやく信子はあきらめたように、ビワ畑のほうへ案内してくれた。

隣同士のビワ山だが、幸吉と忠男は親しいとまでは言いがたい。事情はよくわからないが、同業者であり、ライバル関係にあったとしても不思議ではない。年齢は幸吉のほうが上だが、どちらも偏屈だという評判だ。

山野井農園の周囲は高さ一メートルほどのワイヤーメッシュの柵で囲まれている。信子の話では、獣害対策用の侵入防止柵は二年前に設置したそうだ。市と国の助成制度により資材の支給を受け、設置自体は自分たちで行ったらしい。

農園をぐるりと囲んだその柵の全長はかなりありそうだ。彰男も手伝ったのだろうか。あるいは地域の住人たちが協力したのかもしれない。

少なくとも文哉は手伝わなかったし、そういった農家の取り組みがあることすら知らなかった。

「まだ柵を直しきれなくてな。一ヵ所でも外れてりゃあ、入ってくるもんでね。おいねえのよ」

紫紺の袢纏《はんてん》をひっかけた信子は白髪が増え、以前会ったときより確実に老けて見えた。

「こりゃあ、倒木をかたづけるだけでも大変だべ」

「うちのも若ぐねえから」

「そりゃあ、えらいわな」

和海はうなずいてみせた。

以前は家にも訪れてくれた信子だったが、文哉とは話をしようとせず、目も合わせない。やはりなにか、わだかまりがあるようだ。

「こういう人里離れた畑が狙われるのさ」

　先を歩く信子と距離をつくり、和海が耳打ちした。「イノシシだけじゃなく、自然のなかに生きる動物は、もともとは用心深い。そのため人を避ける。本来は山で生きているからな。それがなにかの原因で山を下りるときは、なるべく民家や人通りの多い道路から離れた場所、人が少ない田畑を狙うことになる。人気《ひとけ》のない孤立した畑は、イノシシにとって格好のエサ場になるってわけさ」

「つまり、ここや、幸吉さんのビワ畑が標的になる、ということですね」

「これだけまわりに耕作放棄地が増えてしまえばな」

「どうします？」

「まあ、幸吉さんに話を聞いてみるが、イノシシ被害の対策としては、捕獲するにしろ、畑のまわりの柵の設置やその修理を同時に進めるべきだろうな」

和海はビワ畑の奥へと進んだ。

山との境近く、ビワ畑のなかに、高さと幅一メートル、奥行き二メートルほどの檻《おり》のようなものがあった。

「こいつが箱罠だ」

　和海が顎をしゃくる。

「でかいですね」

「大物のイノシシには、このサイズが必要になる。それほど大きくなくても、やつらの力は強いからな。これくらい頑丈なつくりがほしい。箱罠の場合、重量があるから場所を移すのはむずかしくなるが、常設して稼働させることができる。仕組みは、イノシシがエサに誘われて箱に入り、張られた蹴り糸に触れるとトリガーが作動し、落とし扉がガシャンと落ちて閉じこめられるってわけだ」

「ネズミ獲りのイノシシ版といった感じですね。エサは？」

「コメぬかだろうな。安く手に入る」

「カズさんも箱罠を使うんですか？」

「いや、こいつは値段が高いし、設置がめんどうだ。役所や猟友会が所有してるんじゃないか。おれが使う罠は、もっぱら〝くくり罠〟ってやつさ。いろんなタイプがあるが、要は動物のからだの一部が輪っかに入ると締まって逃げられなくなる罠だな。脚なんかをくくって獲らえる罠だから、そう呼ぶんだろう。昔はそれこそ、植物のツルでつくってたんじゃねえか。今は頑丈なワイヤー製だ」

「とはいえ、原始的な罠って感じですね」

「まあな。ただ、箱罠の場合、エサをまくだろ。餌づけすることにもなる」

「あ、そうか」

「だいたい害獣と呼ばれるもんが里に下りてくるのは、うまいものにありつけると経験するからだ。畑の駄目になった野菜をそこらへんにほっぽっておけば、やっぱり餌づけしてるようなもんさ」

「じゃあ、くくり罠のほうが？」

「でもな、くくり罠は、掛かってからが大変でな」

和海は唇をゆがめてみせた。

「そうなんですか？」

「まあ、それは獲ったときに説明するわ」

文哉の知らないことばかりだった。

――まだまだ自分はこの土地のことを知らない。

そう思いながら、初めて目にした空っぽの箱罠を見つめた。

「ねえ、おばちゃん」

和海が信子に声をかけた。「最近、こいつに掛かったかい？」

「先月、小さいのがね」

信子は落ちている育苗用の黒いポットを拾いながら答えた。

「そうかい。やっぱり柵のどっかが開いちゃってんだね」

「大きいやつをね、狙ってるんだけど。どこもかしこも、ほじくり返すから」

「それで、その獲ったイノシシは？」

文哉は初めて信子に向かって口を開いた。

「死んでたから埋めたわ」

そっけない答えが返ってきた。

捕獲されたイノシシの多くは、埋めたり、焼却したりして処分されているらしい。農家にとっては、それこそ憎き相手でもある。

「そうですか」と文哉は答えるにとどめた。

帰り際になっても、彰男が話題に上らない。信子も触れようとしない。

このまま別れるのは不自然な気がして、文哉は気持ちを強くして自分から切り出した。

「彰男さんから、なにか連絡は？」

すると信子ははっとして、顔を伏せた。口元に持っていった右手が小刻みに震えだし、感極まった様子で首を横に振った。

「――すいません」

文哉の口から謝罪の言葉がこぼれた。

「なんか、知っとらんですか？」

信子はかすれた声になった。

「それが、こっちにはなにも……」

文哉は答えた。

「連絡がねえのよ。なんぼ電話しても……」

「そうですか」

「はあー」

信子はわるい空気でもからだから抜くように息を長く吐き、ようやく顔を上げた。

「あん子はね、しょっちゅう言っとった。文哉のやつは、てえしたもんだって。あいつはえらいって」

「――そんな」

文哉にとって意外だった。

「ただね、よくわからんけど、急に東京へ行くって言い出して……」

「どんな様子だったんだい？」

和海が話に加わった。

「前に東京へ行くって言ったときとはちがって、なんやら楽しそうでね」

「名刺までつくって、契約がどうたらとかって、言ってたんだべ？」

「そうなんよ。それがすんだら、すぐにけえってくるって」

節くれ立った指で隠そうとする信子の頬が濡れていた。

「帰ってくる。彰男さん、そう言ってたんですね?」

文哉が確認した。

「あんが?」

「てっきりおれは、彰男さんはもう帰ってこないつもりで東京へ行ったのかと思ってました」

「けえってくる、ほんとにそう言ったのかい?」

和海の問いに、信子は黙ってうなずいた。

「だったら――」

文哉は言葉に詰まった。

「どうしちまったのかなあー」と和海がつぶやき、短いため息をついた。

「あん子、騙されたんだべか?」

「え?」

「うちのがそう言うもんだから」

文哉は和海と顔を見合わせた。

「おれ、連絡とってみます、彰男さんと」

「おねげえします」

信子は少し曲がった背中を折るようにして、言葉を継いだ。「うちの人、夜中に外へ出て、イノシシにやられたんよ」

「忠男さんかい？」

和海が聞き返す。「なんでまた夜中なんかに？」

信子は顔を上げ、涙を隠そうとはせず、その理由を口にした。

彰男と同じように、父親とうまくいっていなかった文哉は、その話を聞いて唇の端を強く結んだ。

自分も父親のことを誤解していただけのような気がしたからだ。と同時に、かけちがえたボタンをもとにもどすことのむずかしさを思った。

親というのは、いつまでも親でありたいらしい。

早く自立したい子は、そんな親の気持ちなど知ろうとはせず、ただ心を閉ざしてしまう。

信子の言葉に、文哉は熱いものがこみあげてきた。

けれど、今はなにも言えなかった。

29

「こないだは世話になったな」

その夜、東京に帰った都倉から電話があった。

メールですますこともできたはずなのに、意外だった。

「あれから試してみたよ」と言った都倉の声は妙に明るかった。

「なにを？」

「風呂に一日入らなかった」

「へえー、そうか」

「正直、次の日は頭が気になった。かゆいっていうかな」

「一日だけじゃな」

「まあ聞けよ」

都倉は話を続けた。「それで、一週間一日おきに風呂に入って試してみたんだ。そしたらさ、なんとなく文哉が言ってたこと、わかるような気がしてきて」

「ふうん」

「なんか、二日に一回の入浴がふつうになってきた。入らない分、時間ができるし、風呂に入るのが楽しみになった。なおかつ、髪の調子もよくなった気がする。一日入らなくてもかゆくならないし、なんていうか、自然に分泌される皮脂によって艶も出てきたみたいなんだよね」

「そりゃあ、よかったじゃないか」

文哉は笑いをこらえた。

「あくまで、なんとなくだぞ。それに、美晴さんにそんなこと言っても通用しないと思うよ」

「だろうね」

文哉は即答した。

「なんかさ、三日だけの滞在だったけど、妙に懐かしくてな」

「さっさと帰ったくせに」

「あれも今日やってみた」

「あれって？」

「ナスのすき焼き」

「ぷっ」

文哉は思わず噴き出した。「で、仕事のほうは？」

「まだ考え中」

「だったら都倉、ちょっと頼まれてくれないか？」

文哉は思いついて口にした。

「なにを？」

「おまえって、東京に明るいじゃないか」

「まあ、生まれ育った場所だからな」

「取引先をさがしてほしいんだ」

「なんの？」

「うちの商品の」

「『あんでんかんでん』で扱ってるものか？」

「そう。それと、これから扱うものだ」

文哉は返事を待たずに尋ねた。「ところで都倉って、どんな仕事してたんだっけ？」

「失礼なやつだな」

都倉は小さく舌を鳴らした。「そんなことも知らずに仕事を頼もうなんて」

そう言いながらも都倉は、これまでの仕事と、持っている資格についてかいつまんで話してくれた。

「やっぱりおまえってすごいんだな」

「へっ、どうせおれは、南京結びもできない男だよ」

都倉のせりふに文哉が笑い出すと、都倉も声に出して笑った。

「それからもうひとつ頼みたいことがある」

「なに？」

「人捜しだ」

「やれやれ、なにを言い出すかと思えば、農家の家出息子の捜索か」

「おそらく居場所は――」

文哉は自分にとって懐かしい地名を口にした。

30

幸吉の家を訪れた文哉は、庭先に軽トラックを駐め、たしかめもせずにビワ畑へ向かった。

やはり幸吉はそこにいた。

脚立にのぼり、枯れてしまった枝に、熱心にハサミを入れている。すでにビワの花芽がふくらんでいた。

「こんちは。もう腰と膝はいいんですか？」

「あんが、いつまでもそんなこと言ってられんべ」

挨拶抜きに幸吉に言い返された。

「イノシシは、その後どうですか？」

「見りゃあわかろう」

「――あれ、ほんとだ」

畑には不規則な起伏がいくつもできていた。イノシシが鼻で掘り起こした跡だらけだ。

「柵を直すべと思っとる」

脚立から下りてきた幸吉はいつも使っている傷だらけの水筒を手にした。

あらためてビワ畑を見まわした。

幸吉のビワ畑の柵は、イノシシが触れた際に電気ショックを与えて侵入を防ぐ電気柵などではもちろんなく、波形のトタン板を竹でつくった杭で挟んだつくりで、かなりくたびれていた。

「金はかけられねえから、まずはあるもんで直す」

これからやるべきことについて幸吉が熱を帯びて語るのを、文哉は静かに聞いていた。幸吉は気持ちを高ぶらせていた。台風を境にして、老人になにかが起きたことは明らかだ。幸吉もまた、文哉と同じように、うねりのなかにいるようだ。

「そういえば、文哉のとこの家はどうなんだ？」

幸吉が不意に尋ねた。

「ええ、やっぱり家が古いこともあって、直すには時間がかかりそうです。ほかにもやらなければならないことがあるし」

「――そうか」

幸吉は自分の饒舌を恥じるように口をつぐんだ。

「まあ、心配いりませんよ」

文哉は強がってみせた。

「なんなら、こっちで暮らせばいい」

なにげない感じではあったが、思いのこもったひと言を幸吉は漏らした。

文哉はその言葉の意味を悟ったが、なにも口にしなかった。

幸吉は、先が鉤《かぎ》状になった木の枝でつくった道具を手にしていた。それを器用に使い、高いビワの枝を引き寄せては、枯れているのを確認し、パキンとハサミで落とした。

「これから罠を見てまわってきます」

文哉は頭を下げた。

先日、文哉が和海と一緒に訪れた際、幸吉はイノシシの罠を仕掛けるよう和海に依頼した。二人のあいだでは、一度も金の話は出なかった。渋々ながら引き受けた和海からは、毎日ひとりで見まわりするのはむずかしいため、文哉も分担するよう言いつかった。

文哉が運転する帰りの軽トラックで、「あのじいさん、またビワでもはじめるつもりか」と和海がつぶやいた。

わかっていたが文哉はやはり答えなかった。

行きかけた文哉に、「罠いくつ仕掛けた？」と幸吉から声がかかった。

「カズさん、くくり罠を三つしか持ってないんで、三カ所だけですけど」

「たった三つか。まあ、ねえよりマシか」

「くくり罠も買うと高いそうで、今自作してもらってます」

「ほうかい」

幸吉はうなずくと言った。「昼間でも気いつけろ。イノシシってやつは、人が近づいてくっと、隠れてじっとしとる。気づかずに近づきすぎっと、飛び出してきてやられっど」

「はい、注意します」

文哉は返事をし、そのままビワ畑の奥へと向かった。

腰にまわしたベルトには、小型の剪定バサミや誘引用の紐を入れた、いつもの腰袋とは別に、鞘に差した鉈を下げている。

だれかに言われたわけではなく、山に入るときはこの鉈を腰につけるようになった。目の前の藪を払うときや、木の枝を落とす際、穴を掘る場合にも役に立つ。護身用にもなるだろう。なにより、身につけていると安心できるのだ。これまでさわったこともなかった道具なのに、不思議なものだ。

ビワ畑の奥に仕掛けた罠には、なにも掛かっていなかった。作動した様子もない。仕掛けた罠は毎日見まわるべきと和海は考えている。掛かったイノシシを放置して万が一逃げられた場合、そのイノシシは手負いとなり、それこそなにをしでかすかわからない。もし罠に掛かった場合、すぐに和海に連絡を入れる手はずだ。

罠の設置については、よりイノシシが通りそうな場所を見つけておくように言われた。といっても、罠猟においては、仕掛ける場所の見極めこそが肝心であり、そこがいちばんむずかしいはずだ。

二つ目の罠は、ビワ畑の外、雑木林の奥へとつながる、和海に言わせれば獣道に仕掛けられていた。たしかに、なにかの通り道のようになっている。もちろん、人ではないなにかの。

――が、こちらの罠も変化がなかった。

罠の上には、カモフラージュするための枯れ葉が載せられている。罠を踏ませるための障害物、〝跨《また》ぎ枝〟もそのままだ。その置き方がかなり空々しく見えてしまった。

いったん、林のなかから外に出た。そこはほとんど使われていない里道で、山の奥に続く坂道を進むと、そこかしこにイノシシが掘り返した跡がある。もしかしたら、いや、おそらくこの山では、生物の個体密度でいえば、イノシシが人間を上まわっているのだろう。

そう思うとぞっとした。

どこからかイノシシに見られているようで、あわてて周囲を見まわした。

それにしても長閑《のどか》だ。

山へ少し入っただけなのに、手つかずに近い自然が眼前に広がっている。というか、人が入らなくなり、もどりつつあるのかもしれない。

里道から再び山へ分け入り、三つめの罠の場所へ向かった。ゆっくりと慎重に進んでいく。

山は不思議だ。

山に向かう気持ち次第で、そこは神秘にも、邪悪にもなる。

山にはイノシシだけでなく、ほかにも危険な生物がいる。毒蛇であるマムシやヤマカガシ、スズメバチ、ムカデ、サルもいるらしい。じゅうぶんな注意が必要だ。

とはいえ、海にだって危険な生物はいるのだが。

都倉には言わなかったけれど、整備された道のない山を歩くのは、それがたとえ低い山であっても、大学時代のサークルの登山とはまったくちがう。そもそも目標は頂上ではない。ひとりで入る山は、自分の思いのままに歩くことができる。自分が休みたいときに休み、ときには山菜にも手をのばす。

それは、子供の頃に芳雄が連れていってくれた、山菜とりに似ているかもしれない。たった一度だったけれど、とても楽しかった。もしかしたら人は、子供時代に味わった楽しさを忘れることなく、大人になってもう一度その喜びを求めるものなのかもしれない。

もっともひとりでの山歩きは、緊張感を伴う。どちらへ進むのか、それとも引き返すのか、判断を求められる。自由であることは、リスクを伴う。

でも、その緊張感が、文哉は嫌いではなかった。

適度の緊張は、五感を冴《さ》えさせる。

五感を働かせることは大切なのだと、ここでの暮らしで気づいた。とくに自分の目でしっかり見ることは、多くの情報を得るいちばんの手段である。美しいものを発見するだけでなく、危険も察知できるのだ。観察と言ったら少し大げさになるが、日々のなかでそういった意識を持つことで得をすることも少なくない。

たとえば、以前幸吉に食べさせてもらったミズという山菜。よく見ておけば、山のどこかで見つけることができる。実際に自分の目で見いだし、手に取り、もう一度口にすれば、ミズという名前はその味と共にしっかり記憶に刻まれ、いわば自分のものになる。ささやかかもしれないが、生きていく上での成長であり、幸せではあるまいか。

そんなことを考えながら記憶した地点に到着したものの、罠が見つからない。罠の設置場所近くには、危険防止のため「わな設置中」の注意喚起看板をわかりやすい場所に掲示しなければならない。その看板は見つかったというのに、罠そのものが見当たらない。

――たしかにこのへんに。

見当をつけて周囲をさがすと、記憶とはちがう場所にあった。何者かによって、仕掛けた場所から動かされていた。

しかし、罠は作動していなかった。

なにか釈然としない。

引き返そうかと思ったが、そこから獣道らしき隙間が奥へと続いているのが見通せた。目をこらし、耳を澄まし、ときおり鼻をひくつかせ、道なき道を分け入っていく。

腰の鉈の柄にときどき触れながら。

――ん？

倒木の手前で立ち止まった。

雨滴を纏《まと》った蜘蛛《くも》の巣が美しかったからじゃない。
なにかの気配を感じたからだ。
自分のからだの動きから起こる音。枯れ葉を踏みしめる足音や衣服のこすれる音。
風や木のざわめき。それらとは異質な音がしたような気がした。
——気のせいかな。
見上げると、大蛇のように太い藤のツルが、妖《あや》しく木に絡みついている。
昨夜雨が降ったせいか、立ち止まると足もとの腐植土のにおいが強くなる。
再び歩きはじめたところ、朽ちた倒木に生えた苔に足を滑らせかけた。
直径一センチくらいの太さの篠竹《しのだけ》がつくる藪のなかに獣道は続いていく。いつのま
にか二メートル以上ある背の高い篠竹に囲まれ、まわりがよく見通せない。と同時に、
足もとから不安が這い上がってくる。
もどろうかと立ち止まったとき、またなにかの気配がした。
——イノシシ?
が、かすかに鈴の音が聞こえた。
——こんな山のなかで。
じっとしていると、その音が近づいてくる。
胸の鼓動が高まっていく。

腰の鉈の柄に手をやり、振り返る。

細めた文哉の眼が捉えたのは、イノシシではなく、二足歩行の生き物だった。

ぎょっとした。

というのは、服装の色だ。

それは、亡き父が、なぜかこだわった色、サーフボードやステーションワゴンや家に塗るペンキの色と同じオレンジ色だったからだ。

思わず、「父さん?」とつぶやきそうになってしまった。

むろん、そんなはずはない。

あとをつけられていたのかもしれない。オレンジ色のキャップとベストを身につけた男は、老人だった。

「――こんちは」

老人が声をかけてきた。

オレンジ色のキャップから白髪まじりの髪があふれ、顎に山羊鬚《やぎひげ》を生やしている。眼差《まなざ》しには力があるが、目尻にはしわが寄り、口もとはいくぶんゆるんでいた。

文哉は警戒心を強め、答えなかった。

「そんな目立たねえかっこうで山さいると、鉄砲で撃たれちまうぞ」

老人の声には笑いが含まれていた。「今日は十一月十五日。狩猟の解禁日だんべ.」

「え、そうなんですか?」

文哉は緊張を解いた。

「もっともここは、鉄砲は使えねえ場所だがな」

老人が藪を漕ぐようにしてさらに近づいてきた。大きなザックを背負い、鈴をつけた腰袋の横に鉈を下げ、そして小型のスコップを持っている。

「それじゃあ、あなたは?」

ふっと老人は息を吐き、「おいらか、まあ、ここでは鉄砲は持たんが、猟師さ」と答え、目の前の倒木に腰かけた。

――猟師。

同じ読みの漁師には知り合いがいるものの、猟師と名乗る人に会うのは初めてだ。

「ずいぶん、わけえな」

老猟師は言った。「ここに来る手前のくくり罠は、おめえが掛けたんか?」

「いえ、おれは――」

文哉は簡単に事情を説明してみた。

「なるほど、見まわりを頼まれたわけだな」

「ええ」

「どうだった?」

「三つともダメでした」

「ひとつは、遊ばれてたな」

「と言いますのは？」

「イノシシに蹴っ飛ばされてたろ？」

「あれはイノシシの仕業でしたか」

「利口なのがいるんだな。足跡を見たが、デカかった」

「足跡ありました？」

「あったさ。そこはちゃんと見ねえとな」

老猟師は腰袋からなにかを取り出すと口に入れ、口もとをゆるめた。

「おめえ、ここいらのもんかい？」

「いえ、もっと海の近くに住んでます」

「いつから？」

「二年ほど前からです」

「ふーん」

老猟師は鼻を鳴らし、突っ立ったままの文哉を見つめた。

「ところでおめえ、ずいぶん古い鉈を持っとるな」

「あ、これですか」

「よかったら見せとくれ」

文哉は老猟師を信用して鞘から鉈を抜いた。

「ほー」

鉈を握ると、老猟師はにたりと笑って言った。「幸吉つぁん、元気か？」

「え？ 知り合いの方ですか？」

「ひさしぶりに会いに来たんさ」

「そうでしたか」

文哉は安心し、倒木の少し離れた場所に腰かけ、ペットボトルの水を口に含んだ。

なぜ鉈を見て、幸吉の名前を出したのか尋ねてみたところ、その鉈はずいぶん前に、老猟師が幸吉の家に置いていったものだと言われた。

「ほれ、ここに三日月のかたちに、溝が彫られてるだろ」

老猟師は、刀身の裏側を指さした。「こりゃあ、昔の日本刀に入ってた『樋《ひ》』と呼ばれるもんさ」

「ほんとですね」

「なんのためだと思う？」

「これって、デザインじゃないんですか？」

「まあ、今はそういう意味合いもあるかもしれんな。ひとつは、重さをかるくするため。本来の役目としては、血を流すための溝だわな」

「血を？」

「おう、獣の血をな」

老猟師はうなずいた。「狩猟用の鉈ってことさ」

「じゃあこれ、返します」

文哉は正直惜しかったが、そう言うしかなかった。

「いや、受けとれん」

老猟師は首を横に振る。「こんな大事に使ってくれとるなら、この鉈はもうおめえのだいね。使ってくんねえ」

鉈を手渡してくれた老猟師は、口をもごもごと動かした。

さっきから、ガムのようなものを噛んでいる。

「いいんですか？　じゃあ、ありがたく使わせてもらいます」

文哉が鉈を鞘にもどしたとき、腹の虫がグーッと鳴った。

「――食うか？」

老猟師が腰袋から取り出したものを差し出した。

「これ、なんですか？」

「なんだか当ててみろ」

老猟師は言うが、今日初めて山のなかで会った人からもらったものを口に入れてよいものか、逡巡《しゅんじゅん》した。

厚さ五ミリ、親指くらいの大きさで、表面は濃い飴色をしている。鼻に近づけると、燻《いぶ》したようなにおいがした。

幸吉の知り合いなのだからと思い、おそるおそる端を囓《かじ》った。

――なんだこりゃ。

もう少し囓ってみた。

――うまい。

「これって?」

文哉が尋ねると、「こっちじゃ、クジラを食うんだんべ?」と聞かれた。

「ええ、食べますけど」

文哉は実際、南房総の漁港で水揚げされたツチクジラを何度か食べたことがある。スーパーの鮮魚コーナーでふつうに売られていた。

「こいつは、山クジラさ」と老猟師が言った。

「山クジラ?」

「どうだ?」

「ええ、うまいです」

文哉は手に持った残りを口に入れた。

嚙めば嚙むほど、脂と一緒に味がしみ出てくる。

「そうか、うめえか」

老猟師は満足そうにうなずくと、にたりとまた笑った。「それが、あんたの獲ろうとしてるもんさ」

「え、じゃあこれ、イノシシの肉なんですか？」

「ああ、自家製の燻製《くんせい》だ。まあ、干し肉だわな」

「なるほど、これも干してあるんだ」

文哉はつぶやいた。「どうりでうまいわけだ」

「イノシシの肉が臭いだの不味《まず》いだの言う輩《やから》がいるが、おいらに言わせりゃ、本当の味を知らんだけさ」

「おれもそう聞いてました。シカやイノシシの肉はうまくないし、危ないって」

「そういったまちがった常識のせいで、獲らえられた獣が無駄にされとる。罰当たりな話さ」

「でも安全性とかに問題はないんですか？」

「おまえ食ったじゃねえか？」

「いや、それは……」

「だったら、獲って食わしてやる」

ツバのある帽子を脱ぐと老猟師は言った。銀色の髪を総髪のようにうしろで束ねていた。

「ほんとですか？」

「食いてえか？」

「ええ、食べてみたいです」

「おめえ、おもしれえ男だな。まあ、幸吉つぁんとつき合いがあるくれえだからな」

老猟師は立ち上がった。

「ところで、さっきから気になってたんだが、ついてるぞ」

「――え？」

「右足のくるぶしんとこ」

「なんすかこれ？」

ズボンの裾をまくると、白の靴下が真っ赤に染まっていた。靴下をめくると茶色いものが張りついている。

「雨上がりだかんな。ヤマビルさ」

「え、山にこんなのもいるんですか、おわっ、血吸われてるし」

文哉は太ったヤマビルをつまみ取り、藪に放った。丸い嚙み跡から、ぬるりとした血が流れ、止まらない。左足も調べると、スニーカーについていた。

「このあたりも獣が増えたんだなあ。そいつがいるってことは、血を吸う相手がいるってことだかんな」

長靴を履いている老猟師はのびた白い眉毛をつまみ、平然と口にした。

31

ビワ山で出合った老猟師の名は、狩野市蔵《かのういちぞう》。幸吉の古くからの知り合いだった。

市蔵は、奥さんの出身である南房総で暮らしていたが、今は群馬県の山間部に住み、ときどき幸吉に会いに来るそうだ。今回は幸吉からイノシシの話を聞き、猟期に合わせて様子を見に来たという。

「それにしても、今回の台風はひどかったようだな。ひさしぶりにこっちの山に入ったが、えらく変わっとった」

山を歩きながら市蔵が言った。

文哉は思い出した。幸吉が以前話していた、昔世話になった山に詳しいもんとは、この人のことなのだと。

「幸吉つぁんもついにビワ山を手放す気かのう?」

何気ない感じで市蔵が口にした。

「え？　そんな話は聞いてないですけど」

今ではだれも使っていないような古い帆布でできたザックに向かって言った。

市蔵はしばらく黙って歩いた。幸吉と同じく小柄だが、市蔵の歩き方はしなやかで無駄がない。音も立てない。

しばらくして市蔵が口を開いた。

「こないだ電話で聞いた話じゃ、東京に住む息子と話したんだべぇ」

「――東京？」

「ああ、急に連絡があったらしい。結婚したとな。息子が五十近くになってのことだから、さぞや幸吉つぁんも驚いたろう」

そんなめでたい話なのに、幸吉はなぜ隠したりしたのだろうか。

「そんなわけで、ひさしぶりに上京したんさ」

「結婚式だったんですか？」

それが台風の前日のことだったのだと理解し、文哉は尋ねた。

「まあ、籍はすでに入れてたようだな。ごく内輪だけの披露宴みたいなもんだべ。お祝いに上京したわけだが、どうもそれだけではなかった様子さ」

「というのは？」

「息子はひとり、気になっとったんだろ、無理もねえ。おそらく大事な話があったんだんべ」

市蔵の腰袋につけた鈴の音が涼しげに山に響いた。

「――そうでしたか」

文哉は歩きながらうなずいた。

「かみさんに先立たれ、あのじいさんも弱くなったさ。突然ビワをやめて里に下りたのも、そのせいだんべ」

どんな話だったかは、触れようとしなかった。

だが、文哉にはわかった。

「ビワ山を手放す気かのう？」

市蔵が同じ言葉をくり返した。

文哉はなにも言えなかった。

「年はとりたくねえもんだなあ」

笑いを含んでいたが、思いなしか市蔵の声色が、足もとの腐植土のように湿っていた。

――ビワ山を手放す。

幸吉はそんな言葉はひと言も口にしなかった。

それどころか、今は山の中腹の家にもどり、ひとりビワの世話をはじめている。

「おめえ、あのむずかしいじいさんとつき合いがあるようだから、こんな話をしたが、まあ、聞き流してくれ」

市蔵は口を結ぶと、「フン」と短く手鼻をかんだ。

その後、市蔵とは里道の途中で別れた。

市蔵は再び山へと分け入っていった。くくり罠を仕掛けるためだ。しばらく山のなかで暮らし、イノシシを獲るとのことだ。

「罠に掛かったら、ぜひ教えてください」

文哉が頼むと、市蔵は連絡先も聞かずに二度うなずいた。

32

去年の夏、リサイクルショップ「海坊主《うみぼうず》」で偶然見つけた蛸唐草《たこからくさ》模様の古伊万里《こいまり》、その蕎麦猪口《そばちょこ》を値引きして売ってくれた店長から、『魯山人陶説《ろさんじんとうせつ》』という本を薦められて読んだ。

その本の著者は、北大路《きたおおじ》魯山人。館山にある書店でその名を再び見つけ、手に取った。『魯山人味道』という著書だ。北大路魯山人は、芸術家としてさまざまな貌《かお》を持つが、料理家、美食家としても有名である。そんな食の巨人が、イノシシについて書いていた。

　タイトルは「猪《いのしし》の味」。

　迷わずレジへ向かった。

「猪の美味《うま》さを初めてはっきり味わい知ったのは、私が十ぐらいの時のことであった」という一文からはじまるエッセイは短かったものの、多くのことを教えてくれた。

　文哉はわくわくしながら読んだ。食の歴史の深さを思い知らされた。

　まず驚いたのは、魯山人先生の子供時代には、代々野獣の肉を扱っている肉屋があり、イノシシの肉がふつうに売られていた、という事実だ。イノシシだけではない。その京都の店には、熊や鹿の肉もあったそうだ。

　しかも当時は、豚をまだあまり食べない時代だったらしく、イノシシの肉のほうが、牛肉より高かったそうで、そういう意味では贅沢品のような印象すら受けた。

　魯山人先生によるイノシシの味は、たとえば、「脂肉に富む猪が美味い」「脂の乗る冬が美味い」などと表現されている。

　先生がここまで言い切るのだ。

　——つまりは、イノシシはうまいのだ。

文哉はそう結論づけ、ますます食べてみたくなった。

33

東京から電話があった。

相手は、仕事を頼んだ都倉でも、ひさしぶりに声を聞きたいと思っていた美晴でもなく、失踪中の友人の彰男だった。

「今日、君の友人に会った」と彰男は言った。

友人ではない、と否定しようかと思ったが、ややこしくなりそうなので、「都倉だね？」と文哉は尋ねた。

「うん、その人」

「どこでですか？」

「川の近くの公園」

彰男の声は小さく聞きづらかった。

――やはり新小岩《しんこいわ》だったのか。

幸吉の話では、一緒に乗り合わせた内房線快速が東京駅に着く前に、彰男は先に降りたとのことだった。しかも、地下路線に入る前の駅だと口にしていた。

葛飾《かつしか》区の新小岩は、文哉が学生時代にアパートを借りて長らく暮らしていた場所で、東京の話を聞きたがる彰男に何度か街の様子などを話したことがあった。東京なのに気取らないところ、と言った覚えがある。

黙っていると、「その人が、君に連絡したほうがいいって言うもんだからさ」と言い訳がましく続けた。

さらに文哉がなにも言わないでいると、「そっちで、なんかあった?」と彰男は不機嫌そうな声を出した。

「台風のことは知ってますよね?」

文哉は穏やかな調子で尋ねた。

「まさかこんなことになるとは思ってなかった」

「ご存じなんですよね? じゃあ、なんで帰ってこないんですか?」

今度は彰男が黙ってしまった。

沈黙が続いたので、「電話、切らないでくださいね」と文哉は釘を刺した。

すると彰男の声がした。

「びっくりさせてやろうと思った。おれにだって、できることを見せたかった。でも、うまくいかなかった」

なにが言いたいのかわからない。

「彰男さんのお父さん、入院してるそうです」

「それって、糖尿がわるくなったとか？」

「いえ、ちがいます」

「ちがうって、どういうこと？」

苛立ちを含んだ彰男の声がした。

「やられたそうです、イノシシに」

「イノシシに？」

「ええ、彰男さんもご存じですよね、デイガクデに」

「あいつ、また出やがったのか……」

「台風で農園の柵が壊れて、山からイノシシが下りてくるようになったようです。今、お母さんと一緒に、カズさんやおれなんかで、柵を直してます。イノシシの罠も仕掛けました。彰男さん、罠の免許持ってるんでしょ？」

「なにが言いたいんだよ？　そんなこと、おれの知ったこっちゃない。おれは帰らない」

文哉は迷ったが、口にした。

「彰男さん、甘えてるんじゃないですか？」

「なにが？」

「彰男さんは農家の跡取りですよね。それは子供の頃から決まっていたし、あなたも自覚していたはずです。もちろん、いやだったかもしれない。でも、その上で農業大学を受験したんじゃなかったんですか?」

「そんなこと、あんたには関係ない」

「でも合格できず、その後はろくに家の手伝いもせず、どこかへ働きに出るでもなく、やりたいことだけをやってきた。それでも将来、自分のものになる家や畑や山があり、農家を継ぐことができる。おれからすれば、彰男さんは恵まれてる。農家になりたくたって、なれない人間だっているんです。不満があれば、とことん勉強するなり努力して、親とはちがう農業の道を本気で目指せばいいじゃないですか」

「わかったような口をきくな。切るぞ」

「そうやって、脅すんですか? で、東京へ逃げて、契約は結べたんですか?」

「なんのことだよ?」

「それが目的だったんでしょ?」

「――契約は」

彰男は言葉に詰まった。「断ったよ」

「そうですか、じゃあ、もう東京には用がないわけですよね?」

返事がない。

「いつ帰ってくるんですか?」

「このまま帰れるわけねえべ」

彰男の声が震えた。

「——だとすれば」

文哉は声を強くした。「仕事をとってきてください」

「なに?」

「仕事です。あなたがもし、まだおれと一緒に働く気があるなら、仕事をとってきてください。都倉にも頼みました。あいつは力になると思います」

彰男は答えなかった。

「それができないなら、帰って来なくてもいい。好きにすればいい。それで彰男さんが幸せになれるなら」

言葉は返ってこなかった。

「彰男さんのお父さんがイノシシにやられたのは、夜中のことです」

「なんで夜中なんかに……、バカじゃねえのか」

声が漏れてきた。

「ほんとバカですよね」

文哉は相づちを打った。「夜行性のイノシシが動きまわる時間帯に、わざわざ自分から外に出るなんて。でもね、忠男さん、かんちがいしたようです」

「え？」

「忠男さんがわざわざ夜中に外に出たのは、物音がしたからなんです。イノシシが来たからじゃなく、彰男さん、あなたが帰ってきたと思ったからですよ」

聞こえるはずがない、波の音がしたような気がした。

静かな夜だった。

彰男はなにも言わない。

「もう一度言います。帰って来なくてもいいです。お父さんのかたきは、おれとカズさんで必ず討ちます」

文哉はそれだけ告げると、自分から通話を切った。

三十分後、今度は都倉から電話があった。

文哉は、彰男から今さっき電話があったことを伝え、まずは礼を言った。

すると都倉は、「知ってる。横で聞いてたから」と神妙な声で答えた。

今、彰男は都倉のアパートの風呂に入っているという。しばらく風呂に入っていなかったらしい。

「それはすまない。それにしてもよく見つけたね」

「最初はネットカフェを捜したんだ。でも、手がかりは得られなかった。で、もしかしてホームレスにでもなってんじゃないかと思ってさ、新小岩公園に行ってみたわけだ。そしたら、ブルーシートになにやら並べている人がいてさ、それを見てピンときた」

「それって?」

「『あんでんかんでん』で見て記憶に残っていた〝どかん〟さ。それを一枚買ってあげて、事情を話し、ここへ連れてきた」

「そうか、そうだったのか」

「あのさ、さっき彰男さん、電話を切ったあと泣いてたぞ。泣いてたなんてもんじゃない、号泣だよ。彼はなんだかんだいっても、文哉を頼りにしてるんだと思う。そのことはわかってやれよ。たぶん、おまえに合わせる顔がないってことも、帰らない理由のひとつなんじゃないかな」

「そうなのかな」

文哉は半信半疑だった。

「ほら、契約の件があったろ。あれは〝どかん〟の話だったらしいんだ。たぶん、最初は彰男さん個人で独占販売の契約でも結ぼうと東京に乗りこんだんだと思う。でも、話がちがって、出資金を求められた挙げ句、〝どかん〟という名前も使えないという展開になって、彰男さん、本当の話をしたらしいんだ」

「本当の話？」

「つまり、〝どかん〟という商品は、彼ひとりのものではない、ということさ。それで契約はおじゃんになった」

「――そうだったんだ」

「な、だから、そこのところは、わかってやれよ」

「そうだな」

「彰男さん、かっこつけたかったんだよ」

「だれに？」

「そりゃあ、文哉にでもあるし、たぶん、両親や凪子ちゃんにも」

「凪子ちゃん？」

「あの人、惚《ほ》れてんだろ、凪子ちゃんに」

「え？」

「おまえは気づいてないかもしれないけど、凪子ちゃんはおそらくおまえのことが好きなんだ。そのことを彰男さんも承知してる。それもあって彰男さん、いたたまれなくなったのかもしれないな」

「ほんとかな？」

「おまえって、そういうとこ鈍感だからな」

都倉は小さく笑った。「まあ、彰男さんのことは、しばらくおれに任せてくれよ。あの人、わるい人じゃなさそうだし」

「いいのか？」

「いいよ、友だちじゃないか」

文哉は一拍遅れて、「持つべきものは友だちだな」と口にしてみた。

「——冗談だよ」

都倉が言ったので、小さく舌を鳴らした。

「とりあえず、おれは彰男さんと取引先をあたってみるよ」

「よろしく頼む」

文哉は口元をゆるませ約束した。「今度来たときには、うまいもの食わせるから」

「おう、楽しみにしてるぜ」

都倉は明るい声で応じた。

その電話を切ったあと、文哉は迷っていたことに対して、もう一度自分に問い直した。

——これから、どうやって食っていくのか。

そのことについて。

34

「やっぱりね、別荘を手放そうかと思うの」

東さんから電話があり、そう告げられた。

台風後、着工の見通しすら定かではない修復工事にしびれを切らしたようだ。購入した際の不動産屋に査定を頼むつもりらしい。

意見を求められた文哉は、東さんに別荘が必要なくなったわけではなく、しかたなく処分する気持ちに傾いていることを確認し、その上で自分の考えを口にした。ここは、急ぐべきではないと。

急いだところで、高く売れるわけではない。現状では、土地どころか、台風の被害に遭った家も解体する費用を差し引かれ、買いたたかれるのは目に見えている。「もう少し時間はかかりますが、状況は変わってくるのではないですか」と伝えた。

最後には、少し明るい声で、「そうね、もう一度考えてみる」と東さんは言って電話を切った。

東さんと同じく台風の大きな被害を被った稲垣さんとも話した。四十代ＯＬの彼女からは、お金はあまりかけられないが、なんとかならないかと相談を受けた。以前、スズメバチの退治で世話になった和海にも相談してほしいと頼まれた。和海に話したところ、「なんとかするのが、便利屋の仕事だろ」と言うではないか。つまり、できないことはない、ということだ。

——そうなのだ。あきらめることは簡単だ。ものごとには、なにかしらの解決策がきっとある。問題に向き合って、ひとつひとつハードルをクリアすれば、前に進める。ゴールに近づける。

契約を解除されると覚悟した植草からは、その後、音沙汰がない。

そして、ついに永井さんの近況がわかった。台風の被害がいちばん大きかった別荘の持ち主、寺島がもたらしてくれたのだ。寺島の話によれば、永井さんは現在病気療養中の身ながら、すでに別荘の修繕に向け動き出しているそうだ。寺島は永井邸の修繕にあたる業者を紹介してもらい、近々会って話を聞くとのこと。永井さんとは直接会ったわけではないが、声は元気そうだったと興奮気味に話してくれた。寺島にも覇気がもどり、文哉はうれしかった。

引き続き、台風で被災した別荘所有者と向き合うことを続けた。

一方で父が遺してくれた海が見える家に手を入れはじめた。カビが生えてしまった六畳間の畳はすべて廃棄した。和海に相談したところ、洋間にリフォームしたらどうかとアドバイスされた。それを受けて、傷んだ根太《ねだ》を交換し、合板を貼り、自分の手でフローリングにするつもりだ。必要な道具は中古でそろえ、あるいは和海から借りることにした。

少しずつ、ゆっくりとだけれど、動きはじめた。

35

台風以来閉めていた「あんでんかんでん」をオープンさせた翌朝、ほぼ日課となった罠の見まわりに山へ向かった。

罠を仕掛けはじめて一週間、この日は和海も一緒だった。

先日場所を変えた罠のポイントへ近づくと、なにやら空が騒がしい。

「なんか掛かってるかもな」

前を行く和海がつぶやいた。

「ほんとですか？」

だとすれば、自分にとって初めて目にする獲物ということになる。

「イノシシですか？」

木の幹に手を当て、罠の様子をうかがう和海の背中に声をかける。

「いや、ちがうな」

「やけにカラスが鳴いてますね？」

「あいつら、罠に掛かった獲物が弱るのを待ってるのさ」

――なるほど、そういうわけか。

空を見上げたが、木々の葉に隠れ、カラスの姿は見当たらない。和海の背中越しに目をこらすと、木の根もとになにかがうずくまっている。

「――タヌキだ」

「え、タヌキも掛かるんですか」

「ああ、くくり罠は、そこが厄介でもある。狙った獲物とは別なものが掛かっちまう。このあたりだと、シカやアナグマやハクビシン、場合によっちゃサルなんかだな」

「どうします？」

タヌキは怯《おび》えたようにうずくまっている。

「コイツに用はない。さっさと逃がしてやろう」

和海は安全を確保した上で、タヌキに近づき、罠から外してやった。

たしかに自分たちの目的は、イノシシ、そのなかでもビリ山を荒らすデイガクデがいちばんの狙いだ。むやみに殺生《せっしょう》をするべきではない。幸いくくり罠に掛かったタヌキのケガは重篤ではなさそうだ。しかし罠に掛かったまま時間が経って弱ってしまえば、おそらくカラスの餌食となっていただろう。

「毎日見まわるように言ったのは、こういうケースもあるからですね？」

「まあ、そういうこった」

和海はうなずき、続けた。「ところで、あのじいさんのほうはどうかな？」

「市蔵さんですか？」

「ああ、あの人は本物の猟師みたいだからな」

「猟師に本物と偽物があるんですか？」

「いや、偽物とは言わないが、猟師にもいろいろあるからな」

「じゃあ、カズさんは？」

「おれかい？」

和海はくくり罠を回収しながら答えた。「まちがいなく、偽物だべ」

頬をゆるめた和海は、わかっている気がした。獣害問題に取り組む際の課題や、野生動物とのつき合い方のむずかしさについて。

「カズさんは、イノシシを獲ったことあるんですよね？」

「頼まれ仕事でな」

「そのとき、そのイノシシは？」

「やけにおまえ、こないだから獲ったあとのイノシシのこと気にするのな」

「ええ、まあ」

「雇い主が、実物を見たいというから引き渡したよ」

「それで？」

「その場で殺すように言われた。よほど憎かったんだろうな。死体を足蹴にするのを見て、いやな気分になった。すぐに埋めるよう言われたんで、断った。それっきり、その手の仕事は受けなくなった」

「そうだったんですか」

「まあ、いろんな考え方があるからな」

和海はそう言って次の罠の場所へ向かったが、この日もイノシシは空振りだった。

36

台風のあと、流木を拾いに海辺へ何度か出かけた。

砂浜には、風と雨に運ばれた、たくさんの漂流物が打ち上げられていた。瓦礫と共に流木もあるにはあったが、拾わなかった。これはと心に響く、凪子が喜びそうな流木はなぜか見当たらなかった。

被災後、近くの港は長いあいだ、船の出入りが途絶えた。台風で船をだめにした漁師がいたこともあり、自粛ムードが続いていると寺島から聞いた。ブルーシートを張る作業を手伝ってもらった潜水漁師の秀次さんも同じようなことを口にしていた。

そんななか、自分だけ浜からボートを出して釣りをするのも気が引けた。和海や凪子ともサーフィンには行かなかった。波に乗る気になれなかった。

そんな事情もあり、文哉の足は山へ向かった。この日もビワ山の幸吉の家をひとりで訪れた。

ようやく昨日、幸吉のビワ畑のイノシシ対策用の柵ができあがった。といっても、山に生えている青竹を切り出し、鉈を使って新しい杭をつくり、古いトタンをくくり直しただけの柵のため、万全とは言いがたい。しばらく様子を見るしかない。

ただ、農園らしくなったと文哉は思った。

が、幸吉は、「イノシシ避けの囲いのつもりが、よく見りゃ、閉じこめられてるのはやつらじゃなく、人間のほうかもしれねえな」と笑えない話を漏らした。

幸吉はビワ畑にいた。

ビワの枝に向けた剪定バサミを幸吉が下ろしたとき、文哉はなにげなく尋ねた。

「ところで幸吉さん、ビワを再開するつもりですか？」

「──ん？」

幸吉はめずらしく視線を泳がせた。

「またやる気なんですよね？」

文哉がもう一度問うと、「もうすぐ花が咲くからな」とだけ、どこか自信なげに答えた。

「市蔵さんから聞きましたよ」

「なにを？」

「幸吉さんが東京へなにをしに出かけたのか」

文哉は黙っていられなかった。

「そんただ話、したっけかなあ」

幸吉がとぼけた。

「息子さんに会いに行ったんですよね？」

幸吉は答えなかったものの、観念したように、日に焼けしわが幾重にも刻まれた自分の首のうしろを揉《も》んだ。「山の男にしちゃあ、おしゃべりよのう」

「ご結婚したそうで、おめでとうございます」

文哉の祝福の言葉には反応がない。

「せがれのやつ、農家を継ぐ気はないらしい」

幸吉は唐突に口にした。

市蔵の話でそのことには気づいていたが、文哉は黙っていた。

「まあ、わかってはいたことだ」

「そうでしたか」とだけ文哉はつぶやいた。

落とした枯れ枝を焼くための焚火から、煙が上がっていた。

「この話は市蔵にはしとらん」

幸吉はそう断ってから続けた。「せがれだけは、おれの気持ちをわかってくれてると思っとった。あいつだけは……。だが、人ってのは、わかんねえもんよのう」

「どうかしたんですか？」

「台風の前にわざわざ東京まで足延ばしたのは、結婚の祝いもあるにはあったが、たしかめるためだ」

幸吉はそこで黙ってしまった。

「それは？」

文哉が促すと、幸吉は小さく息を吐き、「この家のことさ」と言った。

またしばらく黙ったあと、幸吉は口を開いた。

「せがれに聞いたんだ。おめえは、将来もどってくる気あんのかってな。笑ってやがった。そんな気は、毛頭ないとさ」

幸吉は洟《はな》をすすった。

文哉はふくらんだビワの花芽を見つめた。

「その場には、娘のやつも来とった。言われたんだ、せがれと娘に。はようこの家や、畑や山を処分して、施設にへえれとな。そうすりゃ、朝昼晩メシも出るし、なんの不自由もなく暮らせるじゃねえかと。そうしてくれれば、自分らも安心だとな。将来使いもしねえ家や畑や山を残してもらっても、あとが困るだけとも言われちまった。おれが死んだあとのことを心配してるわけだべ」

文哉は自分が契約していた空き家の管理業務のことを思い出した。多くの物件は、親から相続した家か、現在施設などに入所した親から、いずれ相続するであろう物件なのだと不動産屋の社長から説明を受けた。家を壊して更地にしたままだと固定資産税が大幅に上がってしまう。そのため、なんとか家を建てたままにしておきたい、そんな思惑が見え見えだった。

それらすべての空き家物件に言えるのは、家に対する愛情の薄さだ。なるべく安く管理をお願いしたいという要望ばかり耳にした。

そんな事情もあり、文哉自身、その仕事にあまりやりがいを感じていなかった。だれも住まない、使うあてのない家をただ維持していくだけの仕事だからだ。

文哉が泊めてもらった幸吉の家が、いずれそうなる運命にあるとすれば、正直悲しくもあった。

「まあ、それは息子さんたちなりに、幸吉さんのことを」

言いかけると、幸吉が苛立たしそうに声をかぶせてきた。

「あんが、ほんとにそう思うか？」

文哉は口をつぐんだ。

幸吉はこめかみに青筋を立て、目を剝くようにして言った。

「一度でもよ、楽したもんは、もどってこねえのよ。そういうもんだべ。だけんどな、もう一度ビワをやる、そのことをおれは言えんかった。昔は家族みんなで家のために働き、たわわに実ったビワを一緒にもいだ、せがれや娘にな」

「――幸吉さん」

「おれや死んだおっかあが、どんな思いでここで生きてきたか、そんなことは、ちっとも伝わらんもんなんだなあ。たとえ、じつの子であっても。ようやくそれがわかった。人は、最期はひとりぼっちよ」

文哉は、軍手の先の破れからのぞいた、老人の黒く変色した爪を見つめた。

幸吉がなにを言わんとしているのか、なにを望んでいるのか、文哉にはわかった。ただ幸吉は、それを直接口にはしなかった。

文哉にはまだ迷いがあった。

それから幸吉が小一時間語ったのは、ここ南房総で続いたビワ栽培の歴史だった。途中何度か、同じ話をくり返す幸吉に、「その話は」と文哉はつい言いたくなったが、最後まで黙って聞いた。

幸吉の語る、房州びわの輝かしい歴史は、多くの先人たちの功績によるものだということはよくわかった。

そして幸吉には、ビワに対する強い未練がある。代々続いた農家である以上、自分の代で終わらせることが、どんなに辛《つら》く、先祖に対し申し訳なく思っているのか、想像できた。また、体調的にも芳しくない幸吉が弱っている、そう感じた。

「わるかったなあ、つまらん長話聞かせちまって」

幸吉はそう言ったあと、少し気持ちが楽になったのか、薄く笑ってみせた。

そしてまた、例の先が鉤状になった木の枝でつくった道具を使って、ビワの枝の剪定をはじめた。

なにか言葉をかけてあげたかった。

でもその言葉が容易《たやす》くは見つからない。

気休めは口にしたくなかったし、嘘は絶対につきたくなかった。

37

朝、なにかの気配で目が覚めた。

――午前六時。

目をこすりながらトイレへ向かうと、玄関の土間にだれかが立っていた。

「市蔵さん、なんでここに？」

文哉はあわてた。

「幸吉つぁんに家の場所を聞いて来た」

「どうかしたんですか？」

市蔵は髭がのびていた。初めて会ったときに背負っていた大きなザックは背中にない。

「今から山に行けるかい？」

市蔵は「おはよう」も言わず、尋ねた。

「今からですか？」

文哉は午前中に予定を入れていた。

「ああ、獲物が罠に掛かった」

「イノシシ？」

「――んだ」

「行きます」

文哉は答え、急いで着替えをすませ、少し迷ってからスニーカーを長靴に履き替え、市蔵を乗せて軽トラックで出発した。

「ここらでええ」

十分ほど走ると、市蔵が言い、耕作放棄地に軽トラックを駐めた。場所は、幸吉の家と山野井農園の中間地点あたりだ。

運転席で聞いた話では、イノシシはまずまず大きいらしい。市蔵の自作のくり罠には、ある程度大きな動物しか作動しないよう細工がされているという。文哉の家に来る前に、遠目で確認してきたそうだ。

「もしかして掛かったのは、デイガクデですか?」

「いや、わからん」

市蔵は白髪まじりの山羊鬚をしごくようにした。「だけんが、その可能性はある。デイガクデは賢い。二日前に、近くででかい足跡さ見っけた。だもんで罠を煮て、この獣道に仕掛けた」

「罠って煮るんですか?」

「ああ、人のにおいを消すためさ。マテバシイの枝を入れて煮てやった。ここいらのイノシシは、マテバシイのドングリが大好物のはずだかんな」

「へえー」

においを消すために、そこまでやるのか。文哉は狩猟の奥深さ、市蔵のこだわりに感心した。

「腹一杯ドングリを食ってるイノシシは、脂が乗ってうまい」

市蔵は腰から抜いたナイフの刃先を確認していた。

マテバシイのドングリなら、文哉は以前拾ったことがある。食料の減る冬に、フライパンで炒《い》って食べたものだ。くせがなくうまい。

山に入る際、これから向かう現場では、必ず指示に従うよう注意を受けた。

山の木陰に分け入ると急に暗さが増し、ひんやりとした。落ち葉を踏みしめる音がやけに耳につく。市蔵の腰袋につけた鈴の音も大きくなったような気がした。鞘に差した鉈がカタカタと鳴るのを右手で押さえた。

しばらく藪を漕ぐと、ときおり、どこからか「カツーン」と乾いた音が響く。

「カツーン、カツーン」と二度響くこともある。

――なんの音だろう。

真竹が揺れてぶつかり合い、カラカラと鳴る音ともちがう。

不思議に思っていると、「カツーン」という音のあとに、なにかが帽子のつばに当たった。

「うっ」

思わず身をすくませた。

落ちてきたのは、ドングリだった。

ドングリが地面に落ちる途中、枝にあたって乾いた音がするのだ。

顔を上げると、市蔵が黙って木の根もとを指さしている。

スギの根もとが白くなっている。ぬた場で泥を浴びたイノシシが、からだをこすりつけた跡だ。つまり、自分たちが歩いているのは獣道ということになる。

このところ山を歩き続けたせいか、うっすらとできあがった獣道が文哉の目にも見通せるようになった。

そういえば海に潜ったとき、初めはサザエなんてまったく見えなかった。でも今年の夏はよく目にした。こんなにたくさんいるのかと驚いたくらいだ。目が慣れたせいだろう。

シダの大きな葉を膝でかき分けるように進んだ。斜面がキツくなり、市蔵と少し距離が開いてしまった。

市蔵は姿勢を低くして、なるべく音を立てないようにと、人差し指を鼻先に立てた。

静かに近づくのは、罠に掛かったイノシシを刺激しないためだろう。罠に掛かっているということは、当然ふつうの状態ではない。逃げようとして暴れ、ケガをしている可能性が高い。

つまりは、手負いのイノシシということになる。

ようやく到着した罠を仕掛けた現場には、異様な光景が広がっていた。

山の奥だというのに、黒い岩のようなイノシシがいる斜面の周囲三メートルほどが掘り返され、土がむき出しになっている。まるで掘削用の機械でも使ったように木の根までが露出している。

まちがいなくイノシシの仕業だ。

かすかに鼻につく獣と土のにおいがした。

「――ここさいてくれ」

市蔵はそれだけ指示すると、斜面の上のほうからイノシシにゆっくり近づいていく。

つぶらな瞳をしたイノシシは、大きな鼻が泥にまみれている。自分で掘ったくぼみに伏せていたが、すくっと立ち上がった。

文哉は無意識に腰に下げた鉈の柄、握りを手で探った。

これからはじまるのは、猟師とイノシシの一対一の勝負だ。

初めて見るイノシシは、ずんぐりとしていて大きく、からだに厚みがある。松の枯葉のような剛毛に覆われ、鎧《よろい》を身につけているようだ。おとなしそうな目とは対照的に、上に向かって湾曲した牙が鋭い。太く短い首の力はかなり強そうでもある。牙で突き上げられ、太ももをえぐられでもしたら、致命傷になりかねない。右前脚がくくり罠に掛かっているとはいえ、油断ならない相手だ。

ネットで調べたところ、イノシシによる人身事故の多くは、じつは、くくり罠での捕獲作業中に起きている。山野井農園で見た箱罠とちがって、くくり罠は動物の脚一本をワイヤーで拘束するにすぎない。脚への掛かりが浅ければ、罠が外れ、イノシシが逃げ出すこともあり得る。その際、逆上したイノシシに襲われでもしたら……。

突然、イノシシが市蔵に向かって突進した。

が、市蔵は読んでいたのか、うまく躱《かわ》した。身のこなしは、とても七十過ぎとは思えない。

立ち止まったイノシシが毛を逆立て、今度は文哉に向かってくる。

「うおっ」

思わず声を上げた。

避けようと身構えたとき、「ガシャン!」と金属音がして、イノシシの突進が止まった。くくられたワイヤーの長さがいっぱいになったのだ。

文哉は尻もちをついた。

斜面を登りかけたイノシシはターンし、勢いよくもといた位置にもどった。思いがけず小まわりが利き、敏捷《びんしょう》だ。

イノシシは体勢を立て直し、鼻先で地面を掻き、土をこちらに向けて飛ばす。ガチガチと歯を鳴らし、尻尾を小刻みに振っている。

市蔵が斜面の上からイノシシに向かったのは、イノシシのスピードが上がらないポジション取りのためだったのだ。下りでスピードに乗ったイノシシを避けるのは至難の業だ。

イノシシに対して、市蔵はロープ一本を手にし、立ち向かおうとしている。生け捕りにするつもりらしい。

イノシシは再びくぼみに伏せている。

市蔵はゆっくりと間合いを詰めていく。

罠に掛かったあと、逃げようと暴れまわったのか、イノシシは体力を消耗しているように見えた。

市蔵はイノシシを興奮させぬよう静かに近寄り、ゆっくり背後をとりにいく。

くくり罠のワイヤーは右前脚をがっちり捉えている。このままここで止《とど》めを刺すべきではと思うのだが、市蔵はナイフを抜かない。

イノシシは動かない。

市蔵も動かない。

長い沈黙が続いた。

静けさのなか、「カツーン」という乾いた音が山に響く。

と、そのとき、イノシシのうしろにまわった市蔵の右手がすばやく動き、罠に掛かった右前脚の対角となる後ろ左脚をつかんだ。イノシシは動けない。次の瞬間、右の後ろ脚もつかみ、持ち上げるようにしてひねる。

もんどり打ってイノシシは倒れた。

まるで柔道の寝技のようなやり方だ。イノシシの腹の上に、後ろ向きに跨がった市蔵の膝が、股の付け根を押さえこんでいる。

その刹那、手早く後ろ脚にロープを掛けた。

「フゴーッ」

イノシシの鼻息が荒い。

市蔵の息も上がっている。

右前脚がくくり罠に掛かり、後ろ両脚を市蔵につかまれ仰向《あおむ》けになったイノシシは、身動きがとれぬまま、後ろ両脚に続いて両前脚もくくられ、万事休す。

文哉は安全な場所から、ただ見ているしかなかった。

口が開けないよう縛りつけ、イノシシに目隠しをすると、市蔵が横腹をやさしくポンと叩いた。

圧巻の真剣勝負だった。

手際のよさに、思わずため息が漏れた。

「やりましたね！」

文哉が近づき声をかける。

市蔵が「うむ」とうなずいた。額には汗がにじんでいる。笑顔はない。

イノシシは、約八十キロのオス。残念ながらデイガクデではなかった。

38

生きたままのイノシシを軽トラックまで二人で運び、幸吉の家へ到着した。裏庭で解体の準備が整った。古い作業用のテーブルの上に、さまざまなかたちの刃物が並んでいる。

市蔵はイノシシを獲った際、その個体になんらかの異常が認められなければ、基本的には食べるそうだ。

「おいらにとっちゃ、あたりめえのことさ」

市蔵は穏やかな口調で言った。「自分が獲った命だかんな。同じ生き物として、敬意を払わにゃならん」

「生け捕りにしたのは、なにか理由があるんですか？」

文哉はそのことが気になっていた。わざわざ危険を冒す必要があるのか。

「――ある」

市蔵は毅然《きぜん》と答えた。「いただくからには、いちばんおいしく食ってやりてえ」

「というのは？」

「タイをうまく食うためにはどうするべ？」

市蔵は問い返した。

「魚のタイですか。生きてるうちに、活け締めにします」

「それと同じことさ。血抜きが大切なんさ。臭みを抑えると同時に、肉の劣化を防ぐことになるべ」

「なるほど」

「んじゃあ、タイはどうやって獲ったもんがうまい？」

文哉は少し考えてから答えた。

「網で獲ったものより、やっぱり一本釣りですよね」

「あーね。イノシシも同じさ。獲り方で味も変わる。銃で撃てば、当たり所がわるけりゃ、食えるところが少なくなるし、内臓に命中すりゃあ、それこそ臭みのある肉に化けちまう。だからおいらは罠で獲る。罠で獲ってから、できれば生かして持ち帰る。うまく食ってやるためにもな。命を大切に扱わねえことには、うまくなるわけねえさ」

「そういうことだったんですね」

市蔵はバケツに汲んだ水で手を洗いながら続けた。「イノシシだけでなく、シカなどの野生動物はとかくマズいとか臭いと言われる。気の毒な話さ。何事もやり方をまちがえば、結果はうまくねえ。逆に言えば、やり方を変えれば、結果を変えられるってことだんべ」

文哉はうなずいた。

「じゃあ、市蔵さんが猟をするのは、食うためですか？」

文哉はそのことを尋ねた。

「おいらは山んなかで生きとる。昔から食うもんの多くを山から授かった。自分の手で獲ったものを食うのがあたりまえの喜びさ。だから自分の手で獲って、自分で殺して食う。それがまっとうだと思っとる。そういう行いを大切にして生きていたいんさ」

「行い、ですか？」

「なにも、だれもに、そうすベーなんてことを言いてえわけじゃねえ。でもな、自分ができることをよそに任せてばかりいたら、生きることの意味がわかんねぐならねえか。実感できなくなるんじゃねえか。そんな気がするんさ」

市蔵にしても、幸吉にしても、自分の考えをしっかり持っている。それをはっきり口にする。だから頑固に思えるのかもしれない。

「幸吉つぁん、あん人はわかっとると思うが、おのれの畑は、おのれで守らなきゃならん。食うためだかんな。そんために柵をこしらえる。それでもだめならおのれで罠を仕掛けるか、あるいは銃を持つ。昔の百姓はそういうこともしていたらしい。だけんがな、里山における獣害問題で見落としちゃいかんのは、そこで暮らし、この国の食を支えているのが、もはやじいさんやばあさんばかりだという事実さ。最近では獣害が手に負えず、悩む高齢農家が増えとる。跡継ぎもなく、離農する者もあとを絶たない。離農する者ってのはな、絶望して土地を手放すんさ」

市蔵はそこで言葉を切った。「今、獣害問題には多くのもんが関わっとる。だけんが、それぞれ立場がちがう。猟で食っていきたい猟師、猟を楽しみたいハンター、報奨金狙い、畑を守りたい農家、問題の解決に指揮を執り資金を投じる行政。それぞれに言い分があるだろうが、うまくいっているとは言いがたいんじゃねえか。それこそ、いろんな問題が絡み合っとるからな」

そこでようやく幸吉がビワ畑から姿を見せた。

「さて、それじゃあ止めを刺してやろう」

市蔵は大型の刀身の長い剣鉈《けんなた》を手にした。幸吉と文哉、二人が見守るなか、両脚をくくられたイノシシに近づいていく。

目隠しをされたイノシシは、観念したようにおとなしく横になっている。しかし、そのからだはゆっくり波打ち、生きていることを示していた。

「今、楽にしてやっからな」

市蔵はつぶやいた。「捕まってくれてありがとな」

黒光りする先が鋭くとがった剣鉈を構えると、イノシシの前脚から指三つうしろの位置に、すーっと深くその切っ先を差し入れた。

すばやく剣鉈を引き抜くと、赤い血が盛り上がり、勢いよくあふれ出す。

イノシシはかすかな反応を見せたものの、やがて静かに息絶えた。

絶命したイノシシを見つめながら、市蔵が話してくれた。

「一度、猟師をやめようと思った。親しかった男がイノシシにやられた。ベテランの猟師で、神経質なくれえ慎重な性格で、ドジを踏むようなやつじゃなかった。それが山へ入ったきり、けえってこなかった。仲間と捜して見つけたときには、イノシシの嚙み跡が何カ所もあって、あわれな姿で死んどった。くくり罠に掛かったイノシシに〝止《と》め刺し〟をしようとしていたらしい。近くに止め刺し用の槍《やり》が落ちていて、ワイヤーの輪にちぎれたイノシシの前脚が残っとった。おいらは手負いのイノシシを追って、そいつを銃で仕留めた。腹が立って、余計な弾まで使ったさ。そんとき、もう猟はやめようと思った」

イノシシの血が、ぽたり、ぽたりと落ちた。

したたり落ちたその血を地面がきれいに吸っていく。

「でもな、ただ殺しゃあいいってもんじゃねえ。死んだ猟師もそう言っとった。命だかんな。その命を継がにゃいかん。だから、食うのさ。生きるために食う。それはイノシシも人間も同じはずさ。イノシシもそれこそ、命がけなんさ。だったら、こっちも命をかけねばならん。そう思った。それでおいらはそいつを食った。泣きながら食ったさ。そのイノシシの顔は、今でも覚えとる」

市蔵の握った剣鉈の樋を通って、切っ先から、ぽたりと赤い血が落ちた。

「それからさ。おいらは猟のやり方を変えた。一対一で相手と対すること。みだりに相手を怒らせねえ、興奮させねえ。相手を尊重し、なだめて、許しを請い、感謝するようになったんさ。力で強引に殺すんでなく、生け捕りにして、落ち着かせてから止めを刺す。そうしたイノシシの肉はうまい。涙が出るほどな」

文哉は倒れたイノシシの横顔を見つめた。

気のせいか、穏やかな死に顔に見えた。もちろん、そう思いたかっただけかもしれない。

「このイノシシのことを覚えておくといい。こいつを食らったおめえの、血と肉となるイノシシのことをな」

市蔵は言うと、イノシシにバケツの水をかけ、洗いはじめた。

あらためて思った。

——食っていくとは？

そう単純なことではないのだと。

イノシシはもう動かない。

最後まで抵抗したのだろう、右前脚はもう少しでちぎれるほど傷ついていた。

下腹部には、何匹ものダニが吸いついている。それは野生動物の証《あかし》であると同時に、感染症や食中毒といった衛生上のリスクがあることを意味している。じゅうぶんな注意が必要だ。

自分がイノシシを獲ろうとしたのは、ひとつには、ビワ畑を守るため。

もうひとつは、こいつの肉を食うためだ。

——そうだ、食うためなのだ。

不意に思い出した。

台風のあと、漁港を散歩した際、トンビが子猫を連れ去ったときのことだ。あのとき自分は、なんてひどいことをと怒り、トンビを目の敵にした。生きものはみな殺生をして生きるのだ。トンビにしたって、生きるために殺すのだ。それを他人に任せているのは人間くらいなものだ。それを忘れてはいけない。

イノシシが畑を荒らすのは、金を稼ぎ、いい服を買い、いい家に住むためではない。ただ、生きていくためなのだ。

食うということは、他者を食らうことでもある。そういう現実からあまりにも遠くで暮らしている自分に気づいた。


その後、市蔵は手持ちのノコギリやナイフを駆使し、イノシシを解体した。市蔵は素手だったが、文哉は手袋をしてナイフを手に取り、皮を剝ぐ手伝いをした。皮と肉のあいだにびっしりと脂の層がある。なるべく脂を無駄にしないよう削《そ》いでいく作業には時間がかかった。

さらに市蔵は、イノシシの肉を部位ごとに切り分けていく。肩ロース、背ロース、バラ肉、ヒレ肉、モモ肉……。

パックに包まれた肉をスーパーでカゴに入れレジへと向かうのとはまったく異なる過程だった。

命をとるってことは、こういうことだと教えてくれた。

「今日は急だったのによく来てくれた」

ようやく作業を終えた市蔵が手を休め言った。

「いえ、おれはなにもできなくて」

「そんなことはねえ。おめえがいてくれて助かったさ」

その言葉に鼻の奥がつんとした。

もっと役に立てるようになりたい、そう思わせてくれた。

「ほれ、おめえの分け前だ」

市蔵は言うと、部位ごとに二つに分けた肉の塊の一方を指さした。

「え、こんなにたくさん？」

その量に文哉は目を見開いた。

「半々さ。東北の猟師のやり方で、〝マタギ勘定〟ってやつさ。まあ三十キロくれえはあるだんべ」

「一頭の半分でそんなに……」

これだけあれば、この冬を越せる。

――食っていける。

ありがたさに涙がこぼれそうになった。

イノシシの肉の赤身と白い脂身のコントラスト。その美しさに惚れ惚れとした。

文哉にとってイノシシの肉は、陸稲の収穫に続き、食料の自給自足へ向けた革命的な山からの恵みといえた。

39

その日の晩、イノシシの肉をひとりで焼いた。

だれにも声をかけなかったのは、ひとりでじっくり味わってみたかったからだ。

まずはスライスしたロースを、塩だけで味つけした。

フライパンに溶け出した肉自身の脂で、しっかり焼き上げた。

「おっ、うまっ！」

文哉は声を上げ、あわてて口に手をあてた。

頬がゆるんでしかたない。

ひさしぶりの肉でもあった。

しかも肉らしい、肉だ。

市蔵のイノシシは絶品だった。

魯山人先生が「猪の味」で書いていたように脂身がうまい。じゅわーっと溶け、さらさらしている。こんなに脂身に惹かれる肉ははじめてだ。

おかしな言い方かもしれないが、この肉は、肉を食べている感じがした。締まっていて心地よい噛みごたえがあり、肉そのものに深い味わいがあるのだ。噛むたびにうまみが染み出してくる。

——なるほどそうか。

野生だからこそなのだ。

野山を走りまわっているイノシシはそれこそ筋肉が発達している。だから肉に歯ごたえがあり、アミノ酸が豊富に含まれているはずで、うまみがあるのだ。

「おう、そうだ!」

文哉は声に出した。「すき焼きをつくろう」

ナスやトマトではなく、イノシシの肉で!

これまた正解だった。

加えた醤油や砂糖に負けない自己主張をイノシシの肉がするのだ。

食べている途中で、鍋で炊いた陸稲をどんぶりによそい、その上に肉を並べ、イノシシ丼にした。

「——うんめえ」

思わず土地の言葉が出てきた。

自分で育てた陸稲をイノシシの肉と一緒に味わった。

ひとりでもしっかり楽しむことができた。

素晴らしいのは、今晩のメシが、いわばすべて自分の働きによって得たものであることだった。

次回、都倉が来たら、イノシシのすき焼きをご馳走してやろう。

などと考えつつ、スマホが震えているのにもしばらく気づかないほど肉に夢中になっていた。

40

翌日、和海と凪子を夕食に誘った。

卓袱台の上いっぱいに、イノシシ肉をふんだんに使った料理を並べた。

燻製はバーベキューの道具を利用して、桜のチップで燻した。燻煙され、照りの出たイノシシ肉は、肉そのものの味がする。

「たしかにうんめえな、市蔵さんのイノシシは」

和海が唸ると、隣で凪子もコクリとうなずいた。

「でしょ？　おれはこのイノシシがはじめてなんで驚きですよ。こんなにうまいなんて」

文哉が言えば、「いや、おれも甘く見てたわ」と和海が認めた。

「凪子ちゃん、なんでイノシシの肉はこんなにうまいか知ってる？」

得意そうに文哉が尋ねると、凪子が首を横に振る。

「だって考えてみればさ、養殖のタイと天然もののタイ、どっちがおいしい？」

「天然もの」

そっけなく凪子が即答する。

「だよね。ふだん食べているパックの豚や牛や鶏の肉は、養殖もの。イノシシってのはさ、天然ものだからね」

「おまえ、それって市蔵さんの受け売りだろ」

和海がにやりとした。

「いやいや、おれの考えですって」

文哉は言い返した。

市蔵の話では、イノシシの味は一頭一頭ちがうという。獲り方や処理の仕方だけじゃなく、イノシシの大きさ、性別、獲れた場所や時期などが影響するらしい。それが自然というものかもしれない。

イノシシの腰の内側についていたヒレ肉は、パン粉をつけて凪子に揚げてもらった。イノシシのヒレカツだ。

「やわらけえなあー」

「けど、さっぱりしてる」

もたれないので、いくらでも食べられそうだ。

ロースカツもうまい。

じゅわっと甘みのある脂が口のなかに広がる。香りがまたいい。

――ドングリたくさん食ったんだろうなあ。

思わず、あいつの顔が浮かんだ。

あのイノシシが、おれの血や肉になるのだ。

「そういえば、昨日、彰男さんから電話がありましたよ」

腹が満たされた頃、文哉はそのことを口にした。

「あの野郎、なんだって？」

「一軒、凪子ちゃんの作品を置いてもらう契約が決まりそうだって。それで見本をいくつか送ってくれって」

「あいつ、東京でそんなことしてんのか？」

「契約とるまで帰らないそうです」

「どこの店？」

「下北沢の雑貨店です」

文哉の言葉に、凪子がピクリとした。

「あいつの〝どかん〟は？」

「そっちのほうは、まだ……」

「『決まりそう』って、まだわかんないんだべ。決まってから連絡しろよな」

和海が凪子に向かって顔をしかめてみせた。「でも彰男のやつ、シ、モ、キ、タなんてよく知ってたな？」

「――そうですね」

文哉は余計なことは言わなかった。おそらく都倉と営業にまわっているのだ。

「ところで彰男は元気なのか？」

「その話をしてるときは、興奮気味で、やけにうれしそうだったなあ」

「へー、そうかい。あいつにそんな真似できるわけないと思ってたけど」

「おれも誤解してたかも」

文哉はうなずくと言った。「凪子ちゃん、彰男さんはズルくなかったよ」

凪子はコクリとうなずいた。

「それからおれ、決めたことがあるんです」

文哉は姿勢を正し、和海と目を合わせた。

「どうした？　あらたまって」

「やっぱり、農業をあきらめたくないんです」

「畑の件で懲りたんじゃないのか？」

「いえ、やってみたいんです」

「うまくいくとは限らねえぞ？」

「かもしれません」

文哉はゆっくり息を吸って吐いた。

「おれ、幸吉さんのビワを手伝います」

文哉はそのことをはじめて口にした。

「あのじいさん、本気なのかい？」

和海の眉間にしわが寄った。

「本気だと思います」

「もう話したのか？」

「いえ、まだですけど」

「そりゃあ、幸吉つぁんは喜ぶだろうけどよー」

和海は腕を組んだ。

「だといいんですけど」

「なに言ってる。あのビワ畑を復活させるなんてことは、七十過ぎたじいさんひとりには荷が重すぎる。そうだべ？」

たしかにそうだ。

農家とは、家として農業を営んでいる世帯のことだ。家族全員が手伝いをする。だからこそ成り立つ。だが、ビワ山の家には、もはや幸吉ひとりしか残っていない。だれも帰ってはこない。

「おれ、これまで幸吉さんの世話になりっぱなしだし」

「とはいえ、幸吉さんは変わりもんだからなあ」

和海が一抹の不安を漏らした。

「それからおれ、幸吉さんの家を間借りしようと思って」

「え?」

凪子が文哉を見た。

「じつは前に、勧められたんです。こっちで暮らせばいいって」

「ほおー、そうかい。さては幸吉さんも、そのつもりってことだな」

和海は凪子と顔を見合わせてから言った。「けど、こっちの家はどうすんだ?」

「もちろん、別荘の管理業務も『あんでんかんでん』も続けていきます。店をもっと広くできるとも思うんです」

「でもな、ここは立地がな」

和海が以前口にした言葉をくり返した。

「いえ、それを理由にしちゃいけないんだと思います。やりようはあるはずです。凪子ちゃんの作品の置き方も、なんていうか、もっと大胆な見栄えのするディスプレーに変えるべきだと思うんですよね」

「そいつはいいが……」

困惑する和海の横で、凪子が目をまるくしている。

「そしたら、目指すは兼業農家だな？」

「ええ、多角経営でいきます。ビワは栽培だけでなく、自分で売らしてもらうつもりです」

「イノシシに苦労するだろうが、まあ、幸吉つぁんとがんばれ」

最後には和海が激励してくれた。

41

その夜、ひさしぶりに東京の美晴から電話をもらった。

文哉が都倉とのことを話すと、美晴は少々驚いていた。

「だって文哉って、都倉君のこと敬遠してるみたいなとこあったから」

「いや、今もお互い友だちだとは思ってないよ」

文哉は苦笑した。

「じゃあ、なんで仕事頼んだりしたのよ?」

「友だちではないけど、頼りになるやつだとは思ってる」

「まあ、いいか」

美晴は明るく応じた。「うまくやればいいじゃない」

「ところで今日の電話は?」

「それがね、今度ようやく営業から編集部に移れそうなの」

声のトーンが上がった。

「そうなんだ、それはおめでとう」

「うん、ありがとう。もちろん不安もあるけどね」

「美晴ならだいじょうぶだよ」

文哉は美晴の勤める出版社の話を聞いたあと、今度は自分の話をした。

「じゃあ、本気で農業をやるってこと?」

美晴に聞かれた。

「そうだね、幸吉さんと一緒にビワの栽培に取り組もうと思ってる」

「ビワか、おいしいよね」

「でもね、おいしいのはビワだけじゃない」

文哉は答え、夕飯に食べたばかりのイノシシの肉のうまさについて語り出した。

「ジビエ料理とかで、食べたことある?」

「ない」

美晴は不満そうに言った。「話だけじゃねー」

「来たらご馳走するよ」

「でも、そんなすぐには行けそうもないし、そのもらったイノシシの肉って、あなたにとって貴重な食料なんでしょ」

「うん、だからまた獲る」

「獲るって、だれが?」

「もちろん自分で」

「どうやって?」

美晴が笑った。

「狩猟をやってみようかと思うんだ。もっと山のことも知りたいし」

「農業やるんじゃないの? ビワ畑は?」

「もちろん、ビワをやる。ビワ畑を守るため、食うためにイノシシをつかまえる。それにいろんな意味で、もっと強くなりたいんだ」

「なんでそうなるわけ?」

美晴の呆れた声が聞こえた。

42

気持ちよく晴れた翌日、早起きした文哉は、遅い紅葉がはじまったビワ山に入った。罠の見まわりをしがてら、しばらくひとりで歩いた。

和海が自作して二つ増え、五つになった罠を確認したが、残念ながらなにも掛かっていなかった。

イノシシを獲ってくれた市蔵はすでにこの地を離れ、山間の自分の住処へ帰っていった。最後に会った際、「デイガクデは、おめえらに任せたから、きっと仕留めろよ」と言われた。そして時間があれば、遊びに来いと――。

見通しのよい場所まで斜面を登り、自分が暮らしている海辺の町を眺めた。そこにはまだブルーシートをかけられたままの家が点在している。父が遺してくれた自分の家もそのひとつだ。

その向こうには、いつもと変わりない青い空と、少しだけその色よりも濃い海が見えた。沖には港から出漁した船が浮かんでいる。

――生きるって、むずかしい。

つくづくそう思った。

――けど、おもしろい。

今はそうも思える。

文哉はその足で幸吉の家へ向かった。

ようやく固まった自分の想《おも》いを伝えるために。

幸吉と一緒にビワを育てる、という決意を。

そういえば、幸吉の家の二階の部屋からは、海が見える。

あの部屋を間借りして、新たなスタートを切れたら――。

軽トラックに乗り、ビワ山の中腹の家へ着くと、玄関ではなく、いつものようにその先へ向かった。

畑に入ると、不意にふわりといい香りがした。

十二月になったというのに、たくさんのミツバチの羽音が聞こえる。

畑の奥へ足を進めると、ビワの老木の下にいつも幸吉が使っている脚立が見えた。

根もとには傷だらけの水筒が置いてある。

――なんて切り出そうか。

考えながら一歩ずつ近づいた。

しかしその脚立の上に幸吉の姿はなかった。

ミツバチが鼻先をかすめて山のほうへ飛んでいく。

あたたかな冬の日射《ひざ》しを浴びながら、ビワの白い花が咲いていた。

脚立の向こう、日だまりの枯れ草まじりの緑の上で仰向けに幸吉が倒れていた。まるで眠ってでもいるように。

その右手には、ビワの枝を引き寄せるための、先が鉤状になった木の枝でつくった道具がしっかりと握られていた。

ビワの白い花が咲いていた。

―本書のプロフィール―

本書は、「STORY BOX」二〇二一年六月号から九月号の連載を加筆・改稿したものです。

小学館文庫

海《うみ》が見《み》える家《いえ》　逆風《ぎゃくふう》

著者　はらだみずき

二〇二一年九月十二日　初版第一刷発行
二〇二三年七月六日　第五刷発行

発行人　石川和男
発行所　株式会社 小学館
〒一〇一-八〇〇一
東京都千代田区一ツ橋二-三-一
電話　編集〇三-三二三〇-五九五九
　　　販売〇三-五二八一-三五五五
印刷所――――大日本印刷株式会社

この文庫の詳しい内容はインターネットで24時間ご覧になれます。
小学館公式ホームページ　https://www.shogakukan.co.jp

ISBN978-4-09-407058-3